雪花睡在枝头

郭保林 著

河北出版传媒集团
河北教育出版社

图书在版编目（CIP）数据

雪花睡在枝头 / 郭保林著. -- 石家庄：河北教育出版社，2023.10
ISBN 978-7-5545-7446-1

Ⅰ.①雪… Ⅱ.①郭… Ⅲ.①散文集－中国－当代 Ⅳ.①I267

中国国家版本馆CIP数据核字(2023)第012452号

雪花睡在枝头

作　　者	郭保林
责任编辑	张亚楠　王艳荣
装帧设计	于　越
出版发行	河北出版传媒集团

河北教育出版社　http://www.hbep.com
（石家庄市联盟路705号，050061）

印　　制	保定华升印刷有限公司
开　　本	880mm×1230mm　1/32
印　　张	10.75
字　　数	200千字
版　　次	2023年10月第1版
印　　次	2023年10月第1次印刷
书　　号	ISBN 978-7-5545-7446-1
定　　价	58.00元

版权所有，翻印必究

目 录

草原 / 001

秋日草原 / 013

浪漫的草原 / 027

我在草原上追赶落日 / 039

戈壁有我 / 047

秋山启示录 / 055

秋歌三章 / 067

秋风·秋意·秋阳 / 079

阳光·湿地·湖水 / 091

马颊河湿地的黄昏 / 101

雪花睡在枝头 / 111

大漠走笔 / 115

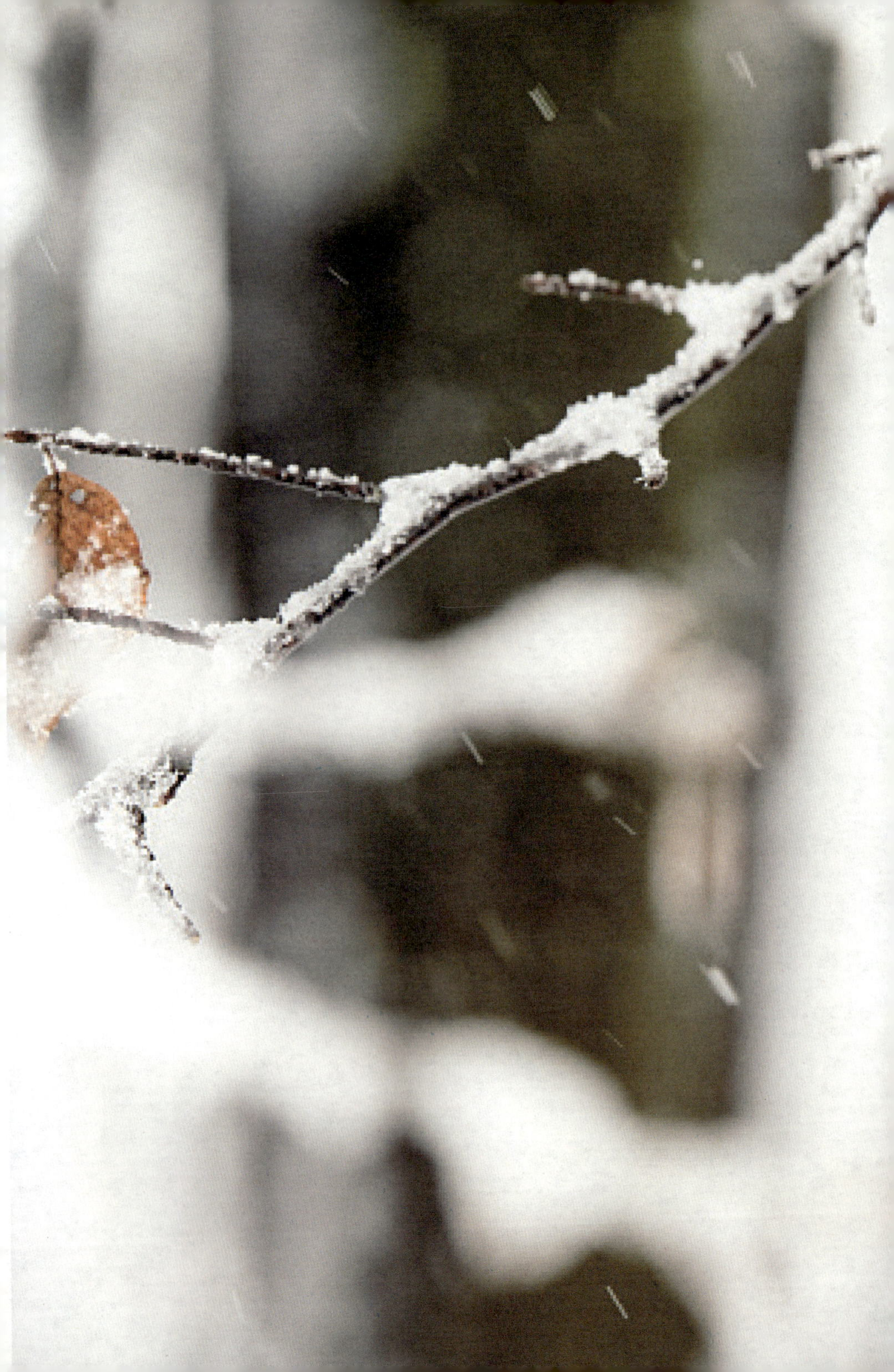

腾格里的另一种解读 / 127

新安江，在春天的形式里 / 145

人在山水间 / 173

海之梦 / 183

海之月 / 193

三峡经纬 / 201

山水的童话 / 211

漂浮的土地 / 221

我们需要荒野 / 235

佛罗伦萨郊外的山居 / 245

迷失在俄罗斯风景画里 / 255

从克鲁姆洛夫到卡罗维发利
　　——捷克小镇随笔 / 273

伏尔塔瓦河 / 287

那片年轻的土地 / 301

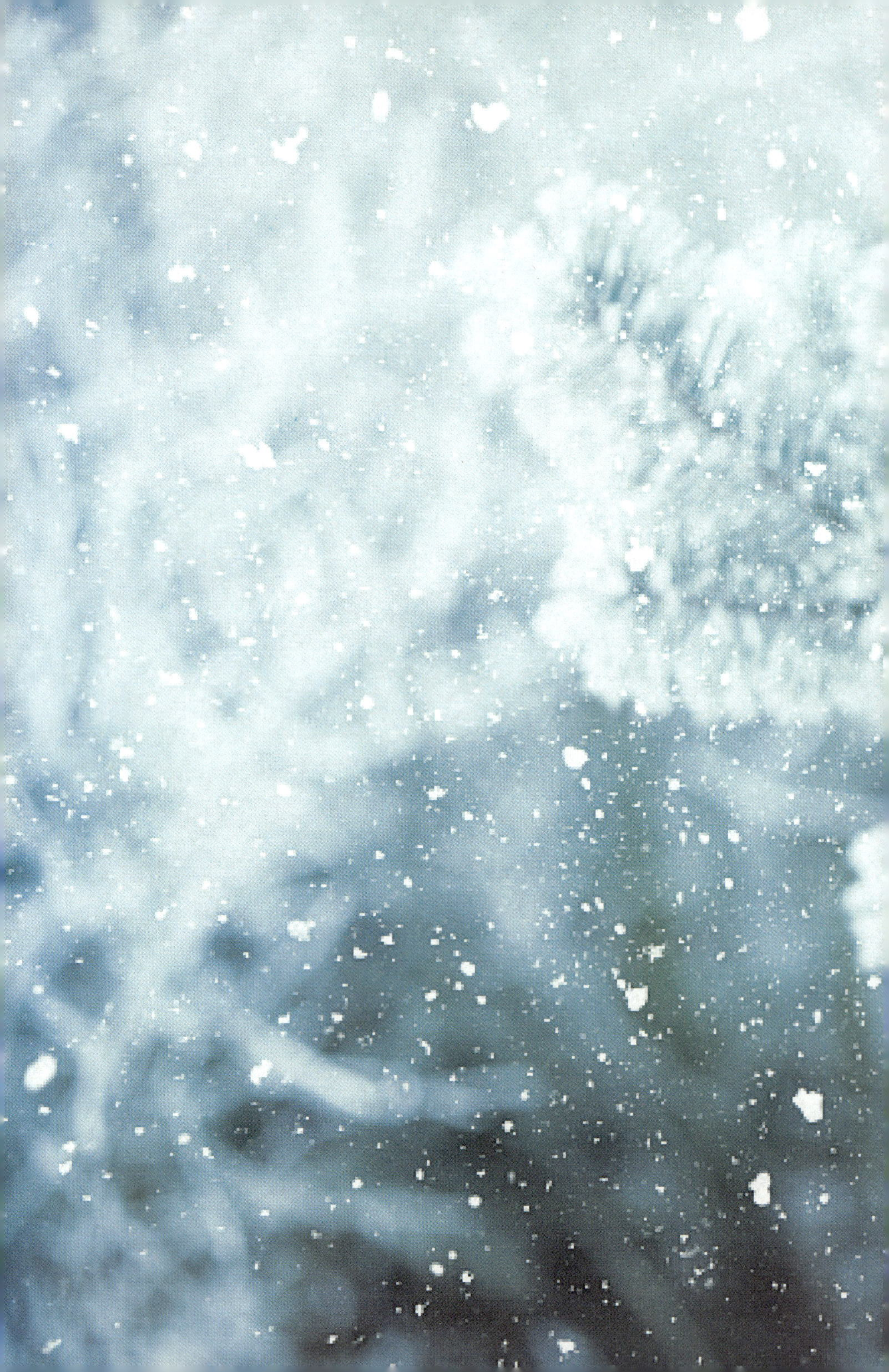

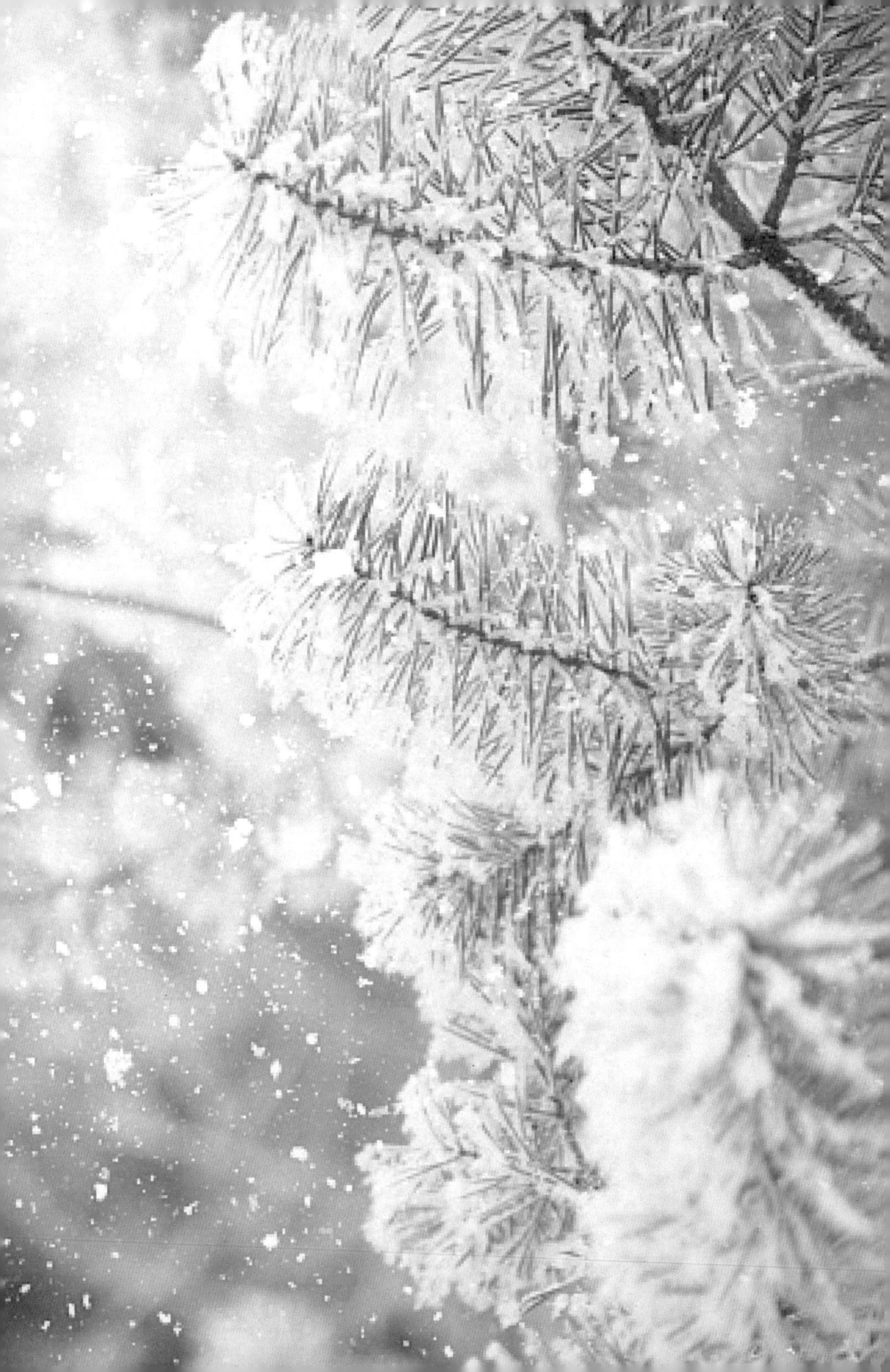

草原

你想拨开浓密的草丛打捞历史的残章,却见草丛下埋葬着岁月,岁月下面依旧是苍茫岁月。

雪花睡在枝头

一

你曾用稚嫩的嗓门歌颂过故乡的平原;你曾把人间最华美的字眼献给母亲;你曾书卷山河,笔走龙蛇,寄意日月星辰,放歌长天流云;而今你又一脚踏进草原。草原,草原!面对整幅整幅铺卷而来的草原,你惊愕得双目发呆;你沉默得把成吨的语言堆积在喉咙,却喊不出一个字来!

是苍茫、雄浑、凝重、奥博、旷莽、壮阔……这些沉重如山的字眼使你感到茫然?是旷古的沉寂、如渊的寂寞,使你不敢启齿,唯恐弄出一点声响,亵渎了这庄严和肃穆?也许初来草原,视点成了盲点,蛰伏在心头过多的憧憬、过多的情感,一时难以从蛹中挣破?

草原在你梦里生长了几十年。你在王之涣、高适、岑参的诗里,一唱三叹地吟诵过草原;你在徐悲鸿卷卷画轴里阅读过草原;你在敕勒歌苍茫的旋律里寻觅过草原。而眼下,整幅整幅的草原就铺在你面前——高高低低的草、高高低低的山、高高低低的空旷，还有高高低低的静谧，却不见刁斗报警的惊惶，不见胡笳羌笛的呜咽；不见落日照大旗，不见大雪满弓刀。冒顿单于的包帐安在哉？一代天骄猎猎大纛安在哉？……青山叠叠依旧是，风萧马鸣依旧是，边草漫漫依旧是。

  你想拨开浓密的草丛打捞历史的残章，却见草丛下埋葬着岁月，岁月下面依旧是苍茫岁月。历史远去了，连影子都难寻觅。抬头看，一只苍鹰在头顶盘桓；放眼望，一望无际的绿草炫耀着生命的欲望，你愣了一阵，索性坐下来，把眼睛交给碧绿的风景。

二

  风弹拨着草浪，洋溢着无边的涟漪，没有喧嚣，却泛滥着无边的温柔；一条河流轻轻悄悄地蜿蜒而去，扭曲的腰肢展示着少女的丰韵；成群的百灵鸟唱着恋歌在云空飞翔；一曲蒙古长调驮着片片阳光飞来，驮着牧马少年的多情和牧羊少女的浪漫飞来；远处绿蒙蒙的山丘、浑圆的轮廓、跌宕的曲线，依然是一种大写意的粗犷豪放。

  蓝天、白云、绿草、牛群、马群、羊群，色彩鲜亮柔和，辽阔空旷，雄浑博大，老子庄子时代是这样吗？秦皇汉武时代是这样吗？唐宗宋祖时代呢？那位白发苍苍的历史学家却絮絮叨叨向我讲述——这片古老的土地曾经喊喊杀杀、恩恩怨怨两千年，疯疯癫癫、爱爱恨恨两千年。大大的舞台，小小的世界。复仇的烈火、厮杀的刀剑、美丽的残暴、疯狂的爱恋、春的妩媚、夏的雄健、秋的苍凉、冬的暴虐，都在这片土地上交替上演。秦汉的长城、宋明的边关、九曲十八弯的黄河、险巇峻峭的阴山，既没有隔断王昭君的声声琵琶，也没阻挡一代天骄的马蹄。南方的天鹅和北方的大雁都在这舞台上联欢……古老的游牧文化和凝重的农业文明忽然发生相撞，隆隆的撞击声里，崛起一棵巨大的树，且根深叶茂、蓊然苍郁，覆盖了欧亚两个大陆……壮哉，这神话般的土地！

草原，一个繁富多主题的长卷，谁能读懂它博大深邃的内涵？

三

到草原上走一走吧，这部永恒不朽的经典，尽管玄奥精深，像谜语，像非洲土著的岩画，像河洛图，像神秘的甲骨文，但是——

这里日出日落，月朔月望，草枯草荣，花开花谢，让你

| 雪花睡在枝头

读懂什么是沧桑，什么是嬗变，什么是永恒，什么是瞬间，什么是福祉，什么是苦难，什么是坚韧，什么是浪漫，什么是如梦如幻、邈绵无尽的岁月……

这里风流雾走，云飞星驰，雁阵横空，马萧莽原，使你读懂了什么是自由，什么是旷达，什么是潇洒，什么是狂放，什么是雄浑，什么是博奥。辽阔得使你感到没有中心，没有了中心，也就失去了权威……

这里花默默开，草默默长，水默默流，云默默飘。生命在默然中走向成熟，又默默地消亡。这一切又让你读懂什么是寂寞，什么是缄默，什么是孤独，什么是淡泊，什么是悲怆，什么是凄凉。沉默是一种力量，沉默中预示着生命的崛起，孤独中繁衍着无穷的欲望……

这里，阳光没有被楼房切割，风没有被高墙刁难，色彩没有被尘埃亵渎。这一切又让你读懂什么是古朴，什么是自然，什么是爽真，什么是坦诚，什么是冷静，什么是沉着。当你冷静之后，可以吟诵一首抒情小诗，也可高歌一曲汉大赋……

啊，草原，如梦如幻、如诗如画的草原！

你走进草原，你会心潮沸腾，思接千载，神游八极。你脚下这片绿风土，埋葬着呼韩邪单于的满月冷弓，埋葬着成吉思汗的金戈，埋葬着十几个民族的档案，埋葬着大汉的威严、盛唐的光泽……这是一部绿色的史诗，神秘、充满诱惑的史诗。当你拣起一片陶片或一枚缀满锈斑的剑戟，轻轻一敲，会听到远古的声音，那声音很冷、很苍老，但依然能分辨出旌旗猎猎，战马萧萧，甲戈森然，角箫互动……一代代雄魂在悲泣，还有一枚循着夕阳的驼铃，还有阳关三叠的古韵……草原，你生长着野性和温柔，生长着仇恨和爱情，浸淫着鲜血、泪水，你滋生着荒芜，也滋生着辉煌！你既宽广又狭隘，既沉寂又躁动，既坦诚又含蓄，既富丽又贫穷。啊，这片神奇的草原啊！

四

　　走进草原，你可无拘无束，任性纵横。青草在你脚下微吟，阳光在你脸上微笑，清风在你耳鬓絮语，绿水在你身边袅娜。你可以躺在草地上，四肢舒展，贪婪地吮吸草的香醇、花的芳馨，好浓好酽啊！你醉了，你和蓝天大地融在一起，化为一棵无灵魂、无思想的花和草。不，那绿草和繁花本就是你的兄弟姐妹，你可以和他们聊天，也可相对无语。当然，他们会用温柔的爱熨平心灵的褶皱，用热烈的吻滋润你龟裂的情感，用他们深邃奥义的思想，启迪你的智慧……

　　当然，这无边无际的辽阔，会使你的思想化为一片空白。

空白便是遗忘。遗忘是一个艰难的工程。只有在这草兄花妹之间，你才可以忘却衔着芦笛满街乱跑的童年；忘却用发酵的血酿成爱的苦汁；忘却挣扎跋涉在事业泥沼的艰难；忘却将生命之树移植竞争之林厮杀拼搏的痛苦；忘却失眠、焦躁、尔虞我诈的困境；忘却阴毒、冷酷、残忍和狡诈；忘却向来控制得有条不紊的思考步骤；忘却被粗粝的生活灼伤的心灵疤痕……

你知道，大自然胜过一切宗教和哲学，是人类的摇篮，无论在生命之旅遇到何种困厄和劫难，只要你向她发出孩子式的呼唤，她都会向你敞开温暖的怀抱……

五

路，蜿蜒漫长，缭绕在无边无际的地方，那淡紫色的远方，广阔的地平线托起一轮年轻的辉煌，浅金色、玫瑰色、粉桃色组合的天空显示出公元前的静谧。

走在草原，你顿时变得年轻，变得风流潇洒，像风中的旗，像天上的流云，你的灵魂也化为一缕清风，时而在草地上撒欢，时而面对苍穹微笑。

这时，你稍稍冷静一下，便体味到人的胸襟应该像草原：容得下鲜花芳草，也应该容得下荆棘林莽；容得下鸟韵虫吟，

| 雪花睡在枝头

也应该容得下风雨雷电；容得下流水牧歌，也应该容得下厮杀和哀嚎；容得下古老的宗教，也应该容得下年轻的现代哲学——生活不是诗，不是16岁花季的浪漫。

但在壮阔苍茫的背景下，又使你像哲人般深思：宇宙是什么？生命是什么？人是什么？多么复杂而庄严的命题啊！

1千里的沉寂，1千里的空旷。没有烟云，没有风景，无涯的蓝，无垠的绿，蓝与绿交融渗透，织出静谧。在庞大的静谧里，你看到了生命之流、意识之流在这里交汇，你听到了自己心灵的潜流也在汩汩流淌。

这时，你想到埃及的金字塔，巴比伦的史诗，古希腊的神话，印度的《吠陀》，波斯的《阿维斯塔》，玛雅人尚未破译的"铭文"——这就是生命的起源，是文明创造了生命，还是生命创造了文明？而今，时间的巨斧，把生活之流、文化之流、心灵之流、幻梦之流都砍得七零八落，这些又被时间的巨磨研成细末，消失得无影无踪。

但是宇宙却无动于衷，既不怜悯，也不幸灾乐祸。它依然高傲冷漠地注视着万物，注视着人类。它深知，摆在它面前的一切可以睹见的形体——有生命和无生命的，包括思想精华、思想之花，一切存在的现象都是它无形的永恒的祭坛上的贡品。它在慢慢地咀嚼和品尝，然后把它们消化，化为无垠广漠中的一部分。只有这时宇宙才无声地笑了……但是，人类毕竟是有灵魂的草，有灵魂的花，他们在大地上的一切奋斗、牺牲、悲戚、欢乐、沉思、搏斗、厮杀、跋涉、挣扎、追求……都源于超自然的局限，为了达到幸福的彼岸，获得生命的超脱！

你在草原上走着，前面是草原，身后是草原，视线的起点是草原，归宿也是草原。严严实实的大地，高远深邃的天空，起伏跌宕的山阿，被蜃气鼓荡的地平线——一幅多么悲怆的大风景！

在这大风景里，你却发现了一只蜥蜴，一只小小的蜥蜴，也许它是恐龙的后裔，也许它是恐龙家族的另一分支，恐龙早已消失，蜥蜴尚在。恐龙倘若有灵在天，它不会感到悲哀。生命既是无头无尾的瞬间，又是无头无尾的永恒。

这时，你才读懂草原这部生命启示录。它原来是宇宙奏鸣曲中的一个音符。走在草原上，你可以唱一支宇宙之歌，跳一支宇宙之舞。宇宙在你心里，你在宇宙怀里。你和宇宙化为一体。你会读懂宇宙的全息诗篇。

秋日草原

踏着润黄湿绿的青草,向草原深处走一走,你会发现秋雨中的草原是一幅忧郁的画、一首感伤的诗。

| 雪花睡在枝头

是黄金雕镂的季节，是阳光凝固的季节，是诗和童话的季节，是用奶茶和马奶子酒浸泡酝酿的鲜亮亮、甜馨馨、浓酽酽的季节，秋日的草原啊！

走出锡林郭勒城，沿着锡林郭勒河到草原上看看秋天吧！

最好是骑马。锡林郭勒有名的三河马，那是国宝呢。骑着它，又快又轻又稳。耳边是絮絮秋风，头顶是浪浪流云，眼前是苍苍阔野、阔野苍苍，踏踏的马蹄，敲响古典的浪漫，敲开汉唐边塞诗词的意境，使你走进梦里，走进历史的苍茫……仿佛王之涣、王昌龄、高适、岑参，还有那个名字叫白乐天的老头儿也伴着你一块旅游呢！

秋天的锡林郭勒河疏朗、明净、清澈、宁馨。岸边的杨柳和灌木丛将满身的姚黄魏紫注入河里，河水漂着幽碧、湛蓝、翠绿、橘黄。生命和阳光在这里沉淀、净化。那河水微澜倦慵，细波潋滟，浪花脚步儿轻轻，默然而神秘地向草原深处流去。偶尔有几只水鸟和野鸭出现在河里，叽叽嘎嘎啾

| 雪花睡在枝头

啾，鸣叫一阵，更衬托出这草原河流的静谧和清穆。

　　这就是名气大得惊人的锡林郭勒大草原呀！（锡林郭勒和科尔沁、呼伦贝尔是我国保护得最好的三大草原，是最纯净的草原。）天高地阔，四衢无阻，旷达的蓝天，自由的风和云，还有自由的想象。你完全可以策马纵驰，那匹油汗生光、肌腱勃怒的三河马，奔腾撒野。草原轰然向你扑来，蓝天白云轰然向你扑来，你可以把衣襟交给风，把心肺交给风，你可以享受秋天大草原的潇洒、风流和浪漫，尽可以体味"我欲乘风归去"的豪情，你这种亢奋的情绪，以前绝对没有。

　　不过，我劝你千万不要策马纵驰，要像那首歌嘱咐你的那样："马儿哟你慢些走。"你要欣赏草原秋色迷人之美，最好采用电影的慢镜头。

　　当你的马儿踏上一道冈峦，你可立马纵目：辽阔的锡林郭勒会向你涌涌溅溅扑来，又从你脚下涌向紫微微、带着影子一样宁静情调、朦朦胧胧的远方，那是天和地的衔接处，像拱顶那样笼罩一切。在没有高山没有树林的草原上，秋色像浪漫主义大师，挥动着巨笔，恣肆汪洋地在草地上涂抹着橘黄、柠檬黄，即使那些性格顽强的或是温情缠绵、依依眷恋夏日丰采的野草，也不得不举起淡黄的旗帜，迎候秋天的到来。色彩浓浓淡淡淡浓浓，你很难想出一个恰当的词汇来形容草原秋色之美，但所有属于秋天的色彩似乎都是明亮的、耀眼的、令人神采飞扬的，一切灼热和烦躁都沉淀下来，凝固成秋天的柔润和清丽。而被秋色染成浅黄、淡黄的小草，并不给人一种衰老的印象，而像春天的鸡雏、鸭雏、鹅雏，一群活泼的小精灵，给人一种充满生机的感觉。

如果你想停下来，就感到那山水、草原和蓝天、白云也停下来，太阳和秋天也停下来，连爱动的时间也停下来，一切都融入无声无息的一幅绝妙的无与伦比的宁静的图画之中。

其实，大草原的秋天是一部综合体艺术作品，既有油画般的凝重浓重，又有水彩画般的明丽清淡；既有音乐的旋律感，又富有诗和散文深湛优美的意境，向你展示着无边无际丰富的内涵，向你展示出辽阔而深沉的哲理。

且不说那明净的流水多么浪漫袅娜，那野花的色彩多么明媚艳丽，但见那起伏的冈峦（那是立体的草原），恰似一曲旋律，静悄悄地飘荡在天地之间，似乎谁用手轻轻一弹，整个大草原就会唱起一曲豪迈的秋之歌……

果然，从草原深处传来歌声，那是牧羊姑娘和牧马小伙在唱（马儿、羊儿，成群成片，悠悠荡荡，散散点点），一阵阵牧歌冉冉袅袅地飞来，那牧歌渗透了太阳，渗透了花香、草香和浓浓的野味，悠扬得如绻绻柔丝，如淡淡云烟，从牧歌里使你深深地领悟草原诗的意象和散文的抒情韵味。

前面不时地会出现一片被铁丝网围着的小草场，那是草库伦。草尖上结着蜘蛛网,百灵鸟和云雀在草场上空盘桓歌唱。那草极丰美、茂密,虽已着秋色,但不减夏日丰采,它们没有被牛羊啃噬过,既有处女般的贞洁,又有成熟少妇的丰腴。

如果你想下马休息一下,最好选择一处山坡。这时会有一片绮丽的美景跃入你的眼帘——干枝梅,一片潇潇洒洒、素素淡淡的干枝梅,那洁白的花朵,呈现出一副女才子的灵气和温柔。草地上还有许多野花,红的、蓝的、紫的、粉红粉白的。但是没有菊花,因为你面对的不是陶渊明的东篱。那些花儿各自呈现出生命成熟的辉煌,向秋天炫耀着最丰满的情愫。这时你身边依旧有絮絮秋风,风里有花香,淡淡浓浓,香在你心里,在你心里向你讲述草原秋天的芬芳,描绘秋天的诗情画意,你尽可以和花香和草香谈心。不过,你别忘了,你身边还有王昌龄、高适、白居易……他们的心境绝非如你那样闲适,甚至会和你争吵起来,因为他们眼里边塞草原的秋天依然是"饮马渡秋水,水寒风似刀","大漠穷秋塞草腓,孤城落日斗兵稀"……

不管他们吧,境由心造。这时,如果你躺在花丛草丛里,尽情地吮吸着花香草香,在这黄绿漂染的画布上,你可肆意挥洒你激越的感情和奔放的想象……

雪花睡在枝头

不知你是否注意到了大草原秋天的一大特产——阳光！它是那样充沛、纯净而美丽，它又是那样富丽堂皇、豪华而慷慨，它用无边无际的温柔，抚摸着每一棵小草，每一棵野花，每一道流水，每一座冈峦，每一片山洼，给它们光泽，给它们色彩，让一切有生命和无生命的都光辉灿烂，明媚而充满灵感，似乎你随手可抓一把放在鼻前吮吸它的芬芳和清馨！啊，你何曾见过这样鲜美的阳光！在你的故城，阳光却是那样吝啬，且污染得变了味——重重叠叠的楼房跳着高儿、拼命地争夺着阳光的施舍；一页页窗户张着饥饿贪婪的嘴巴，嗷嗷待哺似的抢吃那一缕可怜巴巴的阳光；咫尺之间的阳台上苍白的盆景乞求阳光的恩赐；那湿淋淋的衣裳和尿布伸着胳膊、仰着脸儿渴望着阳光的拥抱……这时，你会想，草原的阳光若能购买的话，你准发狠心，不惜重金，购它几车皮带回你的故城！

还有白云，你何时见过这样鲜美的白云呢？那云缥缈而文静，温柔而潇洒，婉娈而轻俏，高雅而恬淡。让你惊讶，让你景仰。而白云又是那样纯净，纯净得像孩童的心灵，像少女的初恋。这时，你若放歌一曲《蓝蓝的天上白云飘》，你整个身心也会飘浮起来，飘进那自由的王国、白云的故乡，化为蓝天的骄子……

好啦，当你赏够了草原秋天的阳光和白云，踏着绿中泛黄的牧草，继续走吧。

啊！你看到前面那群牧马了吗？多像一片红锦缎，和淡黄青苍的草原相映衬，展示出一种富有诗意的图案。马儿个个膘肥体壮，不时高昂着头，竖起耳朵，又不时低下头啃吃肥美的牧草。它们甩着尾巴，悠然自得。当牧马人手握套马杆，向马群奔驰而去，马群立刻骚动，马儿撒开四蹄狂奔，不住地嘶鸣。这时草原上又组合出跳跃的画、奔腾的诗。你看到那牧马人追踪那匹红鬃烈马了吗？像一团火追一团火，两个火球在草原上翻腾、滚动。你真担心这火球会把草原美丽的秋天点燃。其实，不必担心，剽悍勇猛的牧马人很快降伏了烈马，于是草原依然进入静寂的画面。

如果你有兴趣的话，可以到蒙古包里和老额吉、老阿爸聊天。当然，他们会请你吃奶豆腐、手扒肉，或用镶银的蒙古刀割烤羊腿，那淋漓着油脂、黄蜡蜡的烤羊腿真香啊！你不必客气，尽管放开肚皮大块吃肉，大碗喝酒，喝得酩酊大醉，他们才高兴呢！当你三杯两盏进肚，他们会为你跳起盅碗舞。古老优雅的舞蹈，优美动人的民歌，更添一番风味，一种情韵，使你醉上加醉，如梦如幻了。

大草原秋天的黄昏，也是极其动人的一章。浓艳的晚霞，把橘红、赭红、淡紫、青灰涂满天空，草叶草梢上都滴沥着淋漓的霞光，像闪烁的火星。任性而激动的晚风，挟着干燥的芬芳，从赭褐色的冈峦上一掠而过，又无影无踪地消失在丰密的草丛中，随着太阳的沉落，远山变得模糊，青灰色的雾霭从低凹处或者水湄丝丝缕缕、团团卷卷地弥漫过来。归牧的马群、羊群、牛群也驮着晚霞、牧歌向嘎查（牧村）奔来。马的嘶鸣，小羊羔银铃般的颤音，老母牛沉闷的哞叫，运草的拖拉机的突突声……这一切只能使博大的草原颤动几下，接着又被巨大雄沉的宁静吞没了。随之而来的是雾纱一般的暮霭，草原陷入一种虚无缥缈之中。你在草原上行走，就像走进一个梦境，一个永远醒不来的梦。偶有蒙古包前亮亮的牛粪火和缓缓飘逸的牛粪烟的火星，使你感到这旷莽苍茫的草原还有人类生存的气息……

当你饱尝了草原秋天明艳的一面，最好再阅读它凄美的另一面，那是秋雨淋湿了的草原。

浓浓的秋，斜斜的雨，倘若你披一件雨衣，踏着润黄湿绿的青草，向草原深处走一走，你会发现秋雨中的草原是一幅忧郁的画、一首感伤的诗。

雨浓一阵的白，淡一阵的白，白蒙蒙的草原，滴滴漫漫的水雾。那草静静地接受秋雨的浸淫，叶子微微下垂，带着缠缠绵绵的忧伤和湿漉漉的凄迷；花开始凋零，花瓣窸窸窣窣落下来，带着怅然的无可奈何的叹息，而这一切又被淅淅

雪花睡在枝头

雨声淹没。空气凉沁沁的，雨丝凉沁沁的，鼻子里、肺里也凉沁沁的，草腥味、雨腥味，浓得呛人，满眼一片扑朔迷离，倒是很写意。可是，被雨淋湿的草原，那些犹如纷纷黔首、芸芸黎民被秋雨任意欺凌的花和草，其苍凉、凄清，如不身临其境，谁能体验到这种悲剧韵味的美呢？

如果有一两只苍鹰在云中盘桓，天阔云低，草枯鹰疾，更添一抹边塞诗词的古意悠远的韵味；不过，鹰是很少见了，百灵鸟却到处都有，几只百灵鸟在飘摇的雨丝中飞旋，围着湿沥沥的草原追逐，一会儿拍动着翅膀把身上的水珠弹掉，一会儿又钻进草丛，半唱半叫，是眷恋微雨的爱抚，还是哀叹秋天即将远行？

雨中看大雁南飞，那是草原秋天的一大景观呢。你看，横风斜雨，彤云低垂，一行大雁，艰难地跋涉在雨空。远望征程，迢迢万里，回首故园，云霭迷离。无奈，雁唳声声，洒下一路悲歌，一路湿湿的哀鸣。睹景生情，你怎能不想起《甘州曲》《凉州词》《阳关三叠》的悲怆和凄婉？

秋雨淋湿的草原也静得出奇，只有雨打草叶的窸窸窣窣声，只有昆虫短促而喑哑的哀鸣，那是它们生命的绝唱，还是为草原秋天的落幕而唱的挽歌？远处依然是墨一样的草原，天空变得很低，很沉，也很忧伤。

"悲哉，秋之为气也！萧瑟兮草木摇落而变衰。"几场寒籁过后,草原短命的秋天就寿终正寝了,怪不得岑参说"胡天八月即飞雪"呢!北方的第一场雪来得那么急,那么突然,让人难措手足,而锡林郭勒大草原秋的尸骸就埋葬在这雪里了。

浪漫的草原

匆匆趱行中,我领略了胡天塞地的雄浑旷莽,畅饮了大草原的潇洒浪漫。

初来草原，缘山走岭，放牧视线，满目荒草漫漫，绿翻翠涌。

　　仰视兀鹰遨空，胡雁阵横，俯听牛羊哞咩，马鸣萧萧，天籁与自然之趣，交相组合，形成多方位多层次立体美。

　　匆匆趟行中，我领略了胡天塞地的雄浑旷莽，畅饮了大草原的潇洒浪漫。

——小序

干枝梅——草原爱的诗篇

　　在草原上漫游，绿蘘翠旌中，不时会看到一种小花，纯白如云，纯贞如玉，清丽如雪，幽雅如梦，不，它简直是一个女才子，充满灵气、秀气和温柔，高擎着圣洁的情愫，于荒莽粗犷之中，宁静、平和而又惊心动魄——这，就是草原上的干枝梅。

　　青紫色花藤，没有叶片，拦腰折断，也不枯萎，没有水分，照样开放。一簇簇小花，面对着荒原微笑，面对着苍天微笑，痴情地绽放着青春，顽强地炫示着生命的魅力。秋阳朗照，临风摇曳，闪烁着它的精神、它的思想、它的情感。它有什么期待吗？期待美丽的诗句？期待深情的顾盼？期待蝴蝶的爱恋？还是期待多彩的憧憬？

没有叶片陪衬，却有辽阔的荒原背景；没有群芳为邻，却有荒草相伴。不慕繁华，不慕青睐，只是默默地扎根，默默地生长，默默地绽蕾，干枯的枝茎里浓缩着生命的力量和坚韧的信念。团团簇拥的花朵，吟一路风霜雨雪的诗文，饮一杯苦涩的太阳酒，向辽阔的荒原画一道美丽的风景……

更令人惊奇的是那花儿，根衰茎枯不凋零，罡风烈日无奈何，不改芳姿，不失香魂，向天地间炫示一种虔诚的美。

草原的干枝梅，梦在草原，爱在草原，生在草原的丹田，死在草原的怀抱——啊，这是大草原爱的诗篇！

草原上的河流——浪漫主义大师

你见过草原上的河流吗？它有独特的个性，流得很慢，像一支被遗忘的歌，像民谣浅浅的忧愁。

草原的河流，流得很下意识，仿佛没有目标，没有红色或蓝色的三角帆。有时，她像任性的少女，左顾右盼，东张

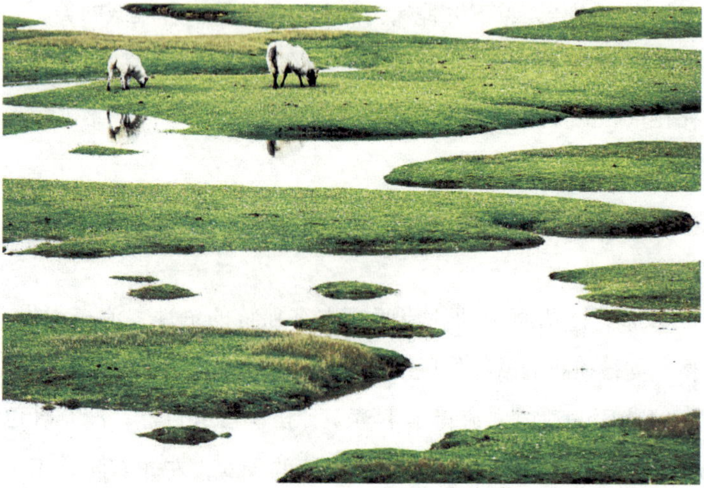

西望，柔灿的眸光一闪一闪，时而沉溺在克氏草的缠绵里，沉溺在马兰花的缤纷里，沉溺在牧歌和童话的浪漫里；时而驮一朵百无聊赖的白云，一片弯弯曲曲的蓝天；玩够了，赏够了，腰肢一扭，便揣一抱花影、草影、云影，信腔野调地唱着向远方走去……

但是，草原上的河流，又是个流浪汉，懒懒散散，蹒蹒跚跚，踉踉跄跄，三分酒醉，七分浪荡，随物赋形，浪漫得很，洒脱得很。浪花里衔一片无语的黄昏，波涛里夹一页冰冷的清月，无意间淋湿一叠厚厚的岁月，淋湿一段长长的历史……

草原上的河流，是怀素的狂草。那位草圣一日灵感忽来，神笔一挥，借整幅的草原写下一行天书。谁认识呢？只有星月和太阳能诠释它吧！

草原上的河流并不寂寞，也不孤独。

那天早晨，我看见一个牧羊女来到你身边，临流照影，掬一捧清水洒上脸颊，摘一朵萨日朗插在鬓边，于是水流中便长出一支萨日朗，萨日朗的心房里也奏响爱的喧哗……

那天黄昏，我看见牧马小伙骑着暮色归来，在你身边蹲下，摘掉毡帽，俯身饮一杯清凉，润开嗓门，于是小河边长出一曲歌来，那歌声也分泌出草原的粗犷和雄浑，还有男子汉的剽悍……

啊，草原上的小河，我看见你盈盈的明眸，亮闪闪的……

百灵鸟——草原上的精灵

你见过草原上的百灵鸟吗？那是大草原的精灵！

当黎明第一缕年轻的风亲吻大草原时，当淡奶汁似的晨曦泼向发绿的草尖时，百灵鸟便醒了，从草丛里飞出来，迎着晨光，双翼拥抱着蓝色的风，亮开圆润的歌喉。它们的歌声是那样婉转，串珠似的长音，像小提琴的弓弦，在琴弦上高音快速摩擦，抖出一曲清越的旋律，旋律里裹着阳光，裹着花香……

那歌声时而从地面上升起，时而从空中抖落，像春天一样清丽，像秋天一样纯净。是它把大草原之歌载到空中？把天空之曲撒向草原？它们为什么不知疲倦地歌唱？是对草原爱得深沉，情涌如潮？是对草原充满梦的憧憬，抑或是它们生来爱唱歌，歌声组合了它们生命？

百灵鸟，草原哺育了它，它便把爱和祝福献给草原。无论是在碧空舒展着双翼自由地歌唱，还是飞行中潇洒轻快地奏鸣；无论因受惊而冲天飞起留下短促成串的颤音，还是倏然飞落时倾泻热烈急促的呼叫，都是一首情歌，都是它献给大草原的爱。当春寒料峭、春草初萌时，它们这样唱；当赤日炎炎、大地焦渴如火时，它们这样唱；当秋老风寒、草枯鹰眼疾时，它们这样唱；至于冰封雪骤的冬天，它们的歌声依然那样嘹亮，它们歌唱着同风雪搏斗，度过寒冷的岁月。

在天空和草原编织的五线谱上，每只百灵鸟都是一个跳动的音符。也许只有这样广阔的舞台，才使它们的音域那样宽广、嘹亮、豪放！

啊，百灵鸟——草原欢乐的精灵！

牧羊犬——大草原的忠魂

猛狮般凶狂，牛犊般雄健，麋鹿般捷柔，血管里还流淌着狼的基因——牧羊犬，大草原的一代忠魂。它的叫声，空洞洞的，充满大草原的雄浑和崇山峻岭般的庄严；它腾跑起来，像一道闪电，像一阵旋风，还有那双眼睛，凝视着荒原古夜，监视着荒原的宁静和骚动……

早晨，当黎明星刚刚凋零，牧羊犬便冲天吠叫几声，唤醒草原，唤醒牧人和羊群。于是缀满晨露的小路上、雾气弥漫的草场上便奏响牧歌和笑语。牧羊犬依然不忘重任，赳赳然，凛凛然，领前押后，两只大耳朵雷达般地收聚着异声怪音。黄昏，牧羊犬伴着牧归的羊群，伴着一曲蒙古族长调，欢乐地跟随在后，蹦蹦跳跳，时而与那只老母羊戏逐，时而

| 雪花睡在枝头

和小羊羔亲昵，谁说这凶狂的生灵缺乏温情呢？

那是一个暴风雪的夜晚。

一只饥饿的灰狼闯进了"哈夏"（羊栏），牧羊犬听见了异响，呼地窜出来，如闪电，如霹雳，向凶恶的灰狼扑去。饿蓝了眼的狼是一个亡命徒，它耸起身来，迎接牧羊犬的袭击。狼和狗都发出凄厉的嚎叫——那声音充满雄性的悲怆，四只充血的眼睛涨满野性的愤怒。它们纵跃，扑跳，撕咬，搏击，纠缠在一起，血淋淋的嘴巴沾满对方的皮毛……当黎明雪霁，"哈夏"外，一只被撕裂胸膛的狼僵死在地上，牧羊犬也伤痕累累躺在那里，身上落满雪，血染红了雪。

为了羊群的嘱托，为了草原的宁馨，一只牧羊犬就是一座醒着的城堡。

孤独的树——大草原的绿神

草原上树极少，只偶尔在山坡或草场出现一两棵。

孤独的树，你傲然地挺立在荒荒大原上，犹如低缓的奏鸣曲中，蓦然跳出一组激昂亢越的旋律；在平庸和单调中竖起一尊立体风景，渲染着大自然的灵性和奔跃。

多少年前，你这倔强的汉子，暴怒地揭开大草原的地皮，横空出世，像一尊绿神，耸立在天旷地阔、荒凉苍茫的背景上，于是，绿色的灵魂便熊熊地燃烧起来。

　　泰戈尔的飞鸟没有在你枝头筑巢，谢逸的蝴蝶没有对你产生爱恋，秦少游的紫燕更没有为你祈祷祝福。所有的叶子都吟诵一篇古老的风霜雨雪的《离骚》。

　　雷的怒吼，风的嘶鸣，闪电的狞笑，暴雪的虐狂。花的梦被冰雹击碎，草的憧憬被霜雪冰冻，唯有你在风霜雨雪中展示一派雄性的悲壮——树躯斑斑，斑斑着累累伤痕，斑斑着叠叠岁月，如同黛褐色的礁石，遥望着地平线上野性的风景。

　　你是站着的期待。

　　你是漂泊在凄风苦雨中的航标灯。

　　你是披发行吟在大草原上的三闾大夫。

　　一棵充满激情的生命，一棵大自然的绿神。

草原上的鹰——黑色的抒情

　　如同一道黑色的闪电划过长空，如同一首黑色的抒情诗写在碧笺上，草原的鹰，负载着大草原古韵悠悠的苍凉，负载着几千年斑斑驳驳的历史，冷峻的目光透过沉沉的云层，辐射着遥远的冷风景……

　　任暴雨冶炼，任浩雪肆虐，任狂风啸嗥，任沙尘蔽日，你巨大的翅翼如同满月之弓，你的眼睛如雾海灯塔，因为你有一颗清醒的心。

啊，草原上的鹰，你时而低空盘桓，时而傲击苍穹，你要寻找什么？是成吉思汗的弓弩？冒顿单于的箭镞？高适、岑参断落的诗行？还是王昭君琵琶的遗韵？你是在寻觅草原新生长的童话，还是老牧人马头琴上古老的传说？

你看，一只鹰飞来了，高傲地飞翔着。钢剪似的翅膀剪着蓝天、白云。云被剪碎了，飘落下来，化为一群咩咩的羊群；蓝天被剪碎了，化为一汪汪碧幽幽的淖尔。当你看到牧羊女脸上幸福的红晕和老阿爸、老额吉脸上的笑容，你也笑了——因为那一只只吞噬草原的硕鼠被你击溃了，草更绿了，花更艳了，大草原更年轻了！

牧歌——大草原的乐章

牧歌是草原的乳汁哺育出来的，是牧民用感情喂养大的。

牧歌的巢搭在马背上，搭在"哈夏"里，搭在马头琴弦上，搭在牧人的心灵上。牧歌从草丛里孵化出来，便一抖翅膀飞向蓝天，飞过山冈，撒向辽阔和苍茫里。

老阿爸用牧歌牵来一个个晨曦初透的黎明，歌声像晨露一样滋润着醒来的草原。

老额吉用牧歌缠绕着一个个发绿的黄昏,于是青灰色的牛粪烟里飘来奶茶的馨香,奶锅里也煮熟了一个个香喷喷的夜晚。

小伙子用糖和蜜喂养牧歌,牧歌飞到姑娘的心里,于是在那里筑巢,繁衍它的儿女——又一首蓝色的爱情。

姑娘的牧歌羞怯、缠绵,像一朵玫瑰色的云,像一片明媚的阳光,在小伙子心里飘荡,停泊,于是哈那的夜晚便生出多彩的梦。

一场细雨淋湿了草原,花和草都亮出妩媚和鲜艳。你听"啊嘀——咦哟——"一声粗犷的长调,透出一股好浓好浓的野味,还有好浓好浓的阳光味。当你骑上牧歌的翅膀,你的灵魂也会在大草原上飞翔,在蓝空中遨游……

一曲曲牧歌充实了空旷的草原。

一曲曲牧歌是洒在草原上的乐章。

我在草原上追赶落日

在这浩瀚旷博的草原上空,色彩依然演奏着方兴未艾的狂飙曲。

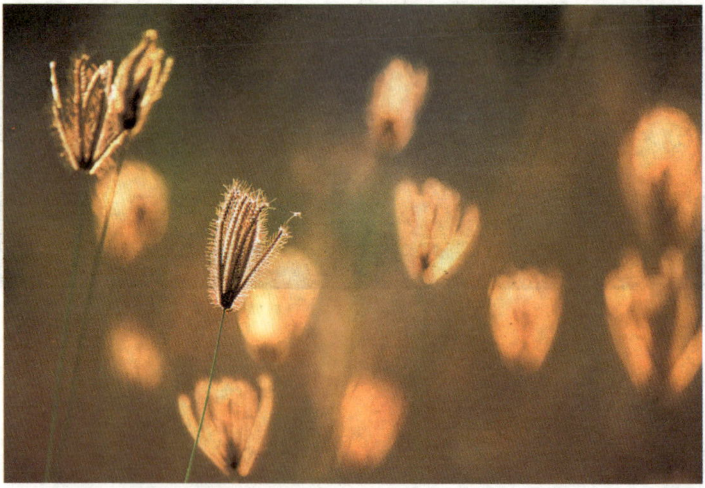

汽车在奔驰，驰过苍苍的绿，驰过莽莽的绿，驰过起伏跌宕、凸凸凹凹的绿，驰过缠缠绵绵、浓浓稠稠的绿。车轮在绿浪翠涛上轻轻碾过，留下两抹浅浅的痕，风一吹，那痕便无影无踪地消失在绿浪的辽远和苍茫中了。车前苍苍，车后茫茫，茫茫苍苍莽莽。我们在绿中挣扎，翻腾。偶尔出现一棵树，耸起一尊绿的雕塑，想打破平庸吗？想创造传奇吗？但是，在这偌大无以匹敌的背景上，那树显得极渺小，很寂寞，像一声轻轻的叹息，给荒荒大原只留下一缕如烟的苍凉。

汽车依然奔驰。

草浪汹涌着，澎湃着，呐喊着，喧嚣着，扑扑啦啦，连绵不断地向车窗扑来，溅我一身草绿，一股浓浓的草香味儿。我有点惊惶，又难以躲闪。眼前的风景一卷卷铺过来，铺开来，铺成一曲《敕勒歌》，铺成一首《古乐府》，铺成汉唐边塞诗人一行行壮美凄怆的诗句。

车轮追逐日轮。日轮在远处山梁上喘息。车轮撵过去，眼看追上，日轮又俏皮地跳到更远的一道山梁上。我们的汽车累得气喘吁吁，仍不甘心，又追赶上去。

我们干脆停下来，徒步走向一个小山包，用目光追逐落日。

山包、山洼、山坡都是草场，丰茂的青草，蛮蛮野野荒荒，葳葳蕤蕤葱葱。空气很醇，草香浓得呛人。我深深地吸上一口，仿佛把整个草原都吸进肚子里了，像牛一样，草原在我肚子里反刍。

塞外草原落日初降的黄昏，很浪漫，很诗意，也很古典。天边随意地拖着几缕橘黄、玫瑰红、绛紫，其他地方依然很蓝，蓝得纯真，蓝得寂寞，也很苦。那色彩尚未浸淫草原，草原依然苍绿。草梢上细风的脚步蹀躞，草丛间虫蝶扑翅浅浅，天地间万籁无声，偶有牧笛和牧歌轻轻滑落草丛，又被无边无际的静湮没。一切都袒露着，袒露着生命，袒露着情感，袒露着自然的爽真，也袒露着草原永恒的主题——荒凉和空漠。

在天和地分界的地方，有几点墨渍，那墨渍会动，越来越近，是一群鸟雀，在这茫茫荒原上，它们群飞群栖，那是百灵——草原上的吉卜赛。

一切凄凉得像《凉州词》。

一切悲壮得像《屈子赋》。

一切浪漫得像爱情诗。

夕阳沉重如山。金色的光芒砸在我身上，我的肩膀上印满了落日的齿痕。

巨大日轮缓缓滚动，天空的色彩也益发浓郁，红、黄、紫，成团、成块、成卷、成片，这些色彩的集团军，忽然不宣而战，刹那间，鼓角齐鸣，旌旗翻滚，万马奔腾，雄雄烈烈。红色集团军，犹如一代天骄的铁骑，汹涌地、所向披靡地向黄色营地扑来，冲杀、呐喊、嘶叫、纠缠在一起；而紫色军团也不甘寂寞，跃马扬戈，从云隙间杀出来，犹如异军突起，和红色、黄色扭结在一起。顿时，刀枪剑戟、铿锵声、撞击声、哀叹声、叹息声……响成一片，它们杀得难分难解。它们拼命地扩张自己，强烈地表现自己，争夺每一寸领空，半个天空都洒遍了它们斑斑点点、淋淋漓漓的血，还有凋零的败鳞残甲——使人想起遥远的古代，草原上各个部落厮杀混战的场面。这是历史在天空的返照吗？然而，你只要静心观察，仔细分辨，那红可分为粉红、枣红、桃红、苹果红；那黄可分为橙黄、橘黄、柠檬黄；那紫又可分为茄紫、绛紫、葡萄紫。

在这浩瀚旷博的草原上空，色彩依然演奏着方兴未艾的狂飙曲。随着日轮的转动，那红色集团越来越庞大，越战越猛，犹如火山爆发，江河倒悬，天空变成一片火的海洋，红

044　　　　　　　　　　　　　　　　　　｜雪花睡在枝头

浪翻滚，殷红万里，使人想起不可一世、横扫千军如卷席的一代天骄和他的铁骑雄师，而那黄和紫被吞噬，被淹没，被驱赶到更远的天边，瑟瑟缩缩地躲在白云下，或张皇失措，或苟延残喘……

天空变成一个冷战场。

色彩在天空鏖战的同时，大草原却一反白昼的粗犷、荒凉和落寞，变得极其温柔和恬静。那光与色极富有层次感、质感。液态的光流，浓浓稠稠、轻轻淡淡地涂抹在草原上。草梢、叶、野花都失去原色，像饱饮了玫瑰酒，醉醺醺地涨溢着一种情愫，展示出一页蓬勃的富丽、辉煌。这里，那里，从渊薮中、海子边、山坳和牧人的包帐里升起薄雾和牛粪烟，淡淡的，若梦若幻，若艺术家的虚构、诗人的想象，又似情人飘逸、颤抖的眼波。让人真想躺在这绿被金褥的床上，打滚翻腾，或像诗人一样"嗷嗷"一阵，宣泄胸中成吨的情感。然而当你冷静之后，发觉置身于这巨大的时空里，会感到自身的渺小，像一只昆虫、一瓣野花，甚至会激起离恨万缕、乡愁无限！

当太阳接近遥远的地平线时，天地间悬起一帘肃穆、庄重。草原失去醉酒后的浪漫，红颜渐褪，脸色变得灰暗，我目睹着太阳蹒跚的脚步，像一个饱经沧桑、大智大勇、大慈大悲的老人，一步步走向灵魂的栖息地。我心里突然涨起一股酸楚、一股悲怆。太阳辉辉煌煌、坦坦荡荡地走完了它的一生，它无憾于宇宙、苍穹，无憾于大地万物。它的智慧和精神，它的生命和情感都留给了世界。

太阳，终于无声无息、无怨无恨地沉落了！寥寥长空，荒荒油云，莽莽草原，这博大的舞台也徐徐拉上帷幕，远山在默哀，天空也须臾变成惊人的铁青、骇人的诡蓝、吓人的青黛，还有令人沮丧的死灰。那旷古未有的静，汹涌澎湃铺开来。这辽阔的静、庄严的静，一切都静如太初，静如幻景，静如一个巨大的谜，只有残霞在剥落。

我坐在草地上看这悲壮的风景，远处的草浪一起一伏，犹如一曲无声的旋律。草原失去了绿色，但草原的律动依然沉雄磅礴。当霞光的色彩凋落殆尽时，天空变得陌生，于是草原的夜晚来了。

戈壁有我

这是纯粹的戈壁,没有一点杂质,没有山阿,没有河流,没有背景。

雪花睡在枝头

大草原的尾声便是戈壁滩。

戈壁滩是死亡的草原。

盛夏7月,我们的汽车在热风炙浪的夹击下,气喘吁吁地挣扎爬行。

大戈壁汹涌澎湃地席卷而来,车速很慢。我的目光在前后左右的车窗外,以360度的大视角纵横驰骋——这是纯粹的戈壁,没有一点杂质,没有山阿,没有河流,没有背景。旷达的蓝天,缥缈的白云,一目荒旷的沉寂,一目宏阔的悲壮。粗莽零乱的线条、恣肆奔放的笔触、浮躁忧郁的色彩,构成浩瀚、壮美、沉郁、苍凉和富有野性的大写意,一种摄人心魄的大写意。成片成片灰褐色的砾石,面孔严肃,严肃得令人惊惶,令人悚然。

沉重的时间压满了大戈壁。戈壁滩太苍老了,苍老得难以寻觅一缕青丝,难以撷到一缕年轻的记忆,仿佛历史就蹲在这里不再走了。昨天,今天,还有明天都凝固在一起。

但是,我们并未停下。车子从戈壁滩上碾过,而它无动于衷,一阵风轻巧地擦去轮痕,前面依旧是起起伏伏、莽莽苍苍的戈壁沙丘,疯长着亘古洪荒,铺满百代旷世的岑寂。

据说,我们的车行路线是古丝绸之路。在人类历史上,影响最深、持续时间最长的四大文化体系——中国文化体系、印度文化体系、伊斯兰文化体系、希腊文化体系的交会点,就是这条古丝绸之路。它是历史的通道和罗盘,导引过心灵史、文明史以及生物史。至今,敦煌宝窟的画壁上还生活着2000年前用骆驼贩运丝绸、茶叶和陶瓷的商人。想当年,这路上骆驼成列,驼铃叮咚,车马喧阗,驿站如珠,该是一片多么繁华的景象啊!

汽车在奔驰。

又是一片僵硬的雷同化的灰褐色砾石,大大咧咧,蛮蛮横横。星星点点的芨芨草和三两墩红柳,像垂危的老人,它们的青春和生命被风沙和干燥榨干了,它们的灵魂也被扬弃得无影无踪。炽白的蜃气把地球表面固有的绿涤荡得一干二净。

大戈壁藐视生命,嘲弄生命,我不知道它吞噬了多少如花的青春和如雨的血泪。这漫漫古道饮咽了多少驼铃的悲怆和戍边将士的悲绪?这浩浩风沙摇落了几多闺妇相思树上苦涩的青果?这重重叠叠的沙砾下面又埋葬着几多累累白骨?而今,这里鸟雀罕至,天空是阳光恣意的泛滥,眼前是风沙的狂歌，亘古的荒原肆无忌惮地袒露着它的高傲和雄悍——这一切都像野兽派画家的杰作。

这惊心动魄的苍凉和浩瀚，可以驰骋想象，既无高山的阻挡，又无噪声的干扰。我放飞思绪的小鸟，穿越时间的屏障——我看见飞将军李广、汉家名将霍去病的萧萧战马，猎猎大纛，迎风踏踏而去；我看见汉武帝的使臣张骞、大唐玄奘的驼队，昂首行进在戈壁荒漠。风沙浩浩，星路遥遥，驼蹄踏碎星夜的寒霜，驼铃摇落戈壁的黄昏。一曲《折杨柳》的哀吟，三两声《阳关三叠》的古韵，使这寂寞的氛围更添一抹凄凉、几缕悲怆……生命的旋涡，人类的梦幻，而今都化为一种历史的难堪和风沙卷逝而去又卷来的喟叹。

你看，那一丛丛骆驼刺，被阻拦的沙尘形成一个个小丘，像坟墓似的，莫不是那里真的埋葬着戍边将士的遗骨？"醉卧沙场君莫笑，古来征战几人回？""坟丘"排列成一个个方阵，没有纸幡，没有花圈，没有墓碑，只有萧条和凄凉相伴，只有漠漠的阳光的抚慰，只有浩浩长风的哀吟。风过草梢唑唑作响，那是一代代古魂在悲泣吗？

汽车穿行在"沙坟"中，梭梭柴、骆驼刺向我讲述着一幅幅战争的惨景——甲戈森森，旌旄猎猎，战马萧萧，厮杀声、嚎叫声、呐喊声、呻吟声，血染沙碛，尸曝荒野……这里原是一个古战场，战争的悲剧曾轰轰烈烈地演出一幕又一幕。目睹这漫漫戈壁,谁说这里是不毛之地?戈壁滩曾长出二十四史的一页页辉煌,曾长出唐诗宋词的悲壮,曾长出《阳关三叠》的凄怆,也曾长出"劝君更尽一杯酒,西出阳关无故人"的黯然神伤……

前面出现一座古城的废址。我们停下车来,走进废城。只见一堵堵被风蚀的沙墙,默默地矗立在阳光下,似乎向苍天昭示着什么,祈祷着什么,也许是回忆昔日的丰采,哀叹今日的冷落。我不是考古学家,但从残垣断壁上,也能读出几个世纪前,这里曾有歌舞声喧,车流人浪,爱的疯狂,情的轻佻,茶的香馨,酒的浓醇……眼前却是一片死寂。轻轻拂去浮沙,那墙垣下部还有烟熏火燎的痕迹,也许是戈壁驼队曾在这里躲避过风暴,孤独的戈壁之旅曾在这里做过几缕温馨的寒梦。那驼队遗落的驼铃呢?那胡琴丢失的音符呢?举目四望,依然是雄风浩浩,飞沙漫漫,依然是裸体的黑褐色的砾石,几棵红柳和骆驼刺点缀着古道1700年的荒凉。还有一堵被风蚀的沙柱,像纪念碑似的矗立着庄严和孤独。

一切都被风沙埋没了,被时间的巨浪吞噬了。

人类是难以征服宇宙的。人类只是在宇宙的缝隙中默讨着生活的偶然幸存。在宇宙面前,人类是孤独的。几千年来,人类在这里播种的文明和文化、繁荣和繁华、恩爱和愁恨、美丽和丑恶、善良和罪孽……都化为乌有,只留下这类似月球地貌似的灰褐色宣言,只留下太阳那孤独的鸣唱,只留下漠风唱给死亡的挽歌!

一位哲学家说过,人类的悲哀与宇宙的存在是两个极端,人类的意识大于他们的存在,宇宙的存在大于它的意识。

宇宙之神啊,你对生命永远保持着那种高傲的淡泊、冷酷的仪表和狂妄的自尊。在宇宙眼里,人类不过是黏附在地球表层的微生物,宇宙的尺度从来不须衡量人类的行程和人生的历程,即使对秦时明月汉时关,对5000年华夏历史的辉煌也不屑一顾。但是,在这狂风的起跑线上,在这起伏跌宕的瀚海潮头,在这无边无际的空旷和寂寞中,宇宙之神也是孤独的,是那种无法宣泄的悲哀和难以倾诉的孤独。

我在戈壁滩上漫步。太阳已西斜,热浪开始退潮。

身前是戈壁,身后是戈壁,左边是戈壁,右边也是戈壁。我浑身长满戈壁意识。我不是随着戈壁走,而是戈壁随着我走。

荒凉,荒凉!荒凉得残酷、残忍!然而在这荒凉之中,我却看到一切都是平等的,废墟比之灯火辉煌的大厦,瓦砾比之繁华的商业区,穷鬼乞丐比之亿万豪富,庶民百姓比之达官贵人,体现出更多的平等精神。这是一切都处于湮灭中的平等,是一种无可奈何的平等,是宇宙之神随意创造的一种平等。

蛮野的豪风,粗粝的阳光,宇宙的宏阔,史前的苍茫,构成大戈壁的庄严和肃穆,构成一种不屈不挠地创造无数激越与奋争的瞬间的永恒。

四维空间只剩下一维。不,还有我!我正处在洪荒炽情的拥抱中,我正处在亘古沉寂的热恋之中,我和宇宙之神肩并肩地站在遥远的地平线上,四周弥漫着《古从军》乐曲的那种迂回悲壮。此时此刻,只有我和宇宙之神在谈心、聊天。宇宙之神伏在我的肩头,悄声说:"大戈壁最美的风景是晚霞,不信,你等着瞧。"

宇宙之神并未说假话。当大戈壁的黄昏降临之时,的确是一帧美丽悲怆的大风景。且看,远处那一道道起伏跌宕的沙梁,那是夕阳点燃的一条条火龙。火龙在晚风中飞跃腾动,发出一种萧萧的鸣叫,给大戈壁增添无限生机和壮观。而遍地的砾石,红光灼灼,热烈动人,像是谁遗弃的无数元宝。至于那阔大的天空,则开满绚丽的血红的野罂粟花——那种美丽的带有毒性的花!那是献给大戈壁热情的吻吗?大戈壁也似乎年轻了,到处是深深浅浅、迷迷茫茫的金碧辉煌,而那骆驼刺和红柳也开出星星点点的红花,结满星星点点的红果,更添一抹斑驳富丽的景观,给人以庄严、神秘的感觉。

夕阳沉去了。我站在暮色中,只觉得自己也化为一朵花,向大戈壁倾吐着爱恋之曲;化为一棵草、一棵树,向宇宙颂扬着生命之歌!

秋山启示录

伴着秋风的旋律,在山野里徜徉,去听秋的跫音、秋的絮语。

雪花睡在枝头

一

　　我喜欢秋天的山野，多少年来，我常常带着一种特殊的无法言语的感情，伴着秋风的旋律，在山野里徜徉，去听秋的跫音、秋的絮语；去赏树叶和草尖上遗留的春的梦、夏的痕；品味秋的树、秋的花、秋的清溪；和秋的山一块沉思，从中悟出像秋一样深邃、秋一样丰富的启迪。

　　秋天的山野是那么富有魅力，那么撩人情思，只要你来到它的怀抱，便尽可领略大自然的辉煌、壮丽、深邃。它抛物线一般的轮廓里，大泼墨似的色调中，还含着幽微和细腻，瑰丽和奇异。即便那粗犷的美、原始的美，那种萧瑟中含有的古朴和安谧，那种被雨淋湿了的秋野的淡泊和悲凉，那山涧的深邃和峰峦拔俗的清高，都会令人如痴如醉地爱恋、如梦如幻地向往。

　　我沿着一条山径，踽踽地走着。但见那山的伟岸、峰的峭拔、石的嶙峋、瀑的袅娜，和蓝的天、白的云、翱翔的苍鹰、黛色的村落，等等，犹如凡·高笔下色块斑杂、浓郁、立体感极强的油画。有一道清泉，从山崖跌下，石头和风使它变碎，变作一道珠帘玉幕，款款地流下来。阳光照耀，五彩缤纷，为那远山近水平添了无限情趣。

山野在春天里曾经显得俏丽、欢乐，甚至有点轻佻，像一位热情而富于幻想的少女，而现在变成雍容、丰腴、温柔且又矜持的少妇了。草地变成了金色，秋天的花朵露出它们苍白的花托，野菊花用它淡黄的眼睛戳破草坪，夏日的颜色停止曝光，而秋天在这里定格。岚少了，雾淡了，山峰失去了夏日的朦胧，变得清晰了，剪影似的贴在那里。秋风洗凉了被夏天炎热焚烧过的天空，一片清澈的蔚蓝在响亮地歌唱。

山，也成熟了，到处流溢着芬芳的成熟的情感。

二

最敏感于秋的莫过于那些树木了，仿佛一下子失重了，浓荫疏了，绿色的火焰即将熄灭了。从枝柯里可以看见大块的蓝天和大朵的白云了。阳光已经倾斜，让橙黄色和倏忽的微笑，让长长的闪亮的痕迹，溜进树林里面。这些痕迹就很快地消逝，像向你匆匆告别的女人的裙裾，接着那叶子先是染上一圈淡黄，继而，是金黄、赤黄，偶然间也跳荡着凝血的火焰。经过热情而痛苦的燃烧之后，那些树的躯干只剩下黑黝黝的骨骼和一块块被灼伤的疤痕。

秋天，叶的暮年。

我漫步林间。一片落叶从我头顶上飘然落下，那飘忽的接触落在我的心上，仿佛就是它的生命弥留时的叹息和心灵的低诉。我随手拣起，仔细端详，那浑厚肥实的秋叶，那金黄的色泽，那富有韧性的叶脉，那边缘上细密而均匀的锯齿，都记载着它们栉风沐雨、曝日披霜的经历。

啊，秋叶，你离开大树母体，不觉得凄凉和怨艾吗？你没有眷恋和忧郁吗？你将化为泥土，不觉得悲哀和痛苦吗？你们曾勤奋地尽职尽责，吸收阳光，制造叶绿素，为大树输送养料，为它的繁茂不停地劳碌，鞠躬尽瘁，而今它却无情地抛弃了你们！

日子一页一页翻过去，时间在流逝，秋深了，秋色淡了，草枯花落，山野变得简约、精练，石头暴露出它的狂姿：嶙峋、峥嵘。水流失去喧哗和浮躁，变得平静、潺湲。秋天的山表现出几分颓丧和萧然，树叶纷纷，随风飘飞，这一切像咒语，神秘、怪诞。

我的梦醒了，退潮了。一阵凄然、怅然、愀然，掠过心头。再不见远山的奇伟和辉煌，再不见野花的芬芳和艳丽，眼下只剩下絮絮秋风，寞寞苍穹，起伏的冈峦，逶迤的流水，一片秋山寥廓的光景，无尽秋野显得异常淡泊。

　　但是，那落叶却欢畅、倜傥，仿佛说："哈，那膨胀的年轮里有我们生命的创造和奉献，有什么遗憾，有什么悲哀呢？我们的死，正是为了生，没有我们的凋零，哪有新叶的萌生？待来年，你看枝头的新绿，那不是我们的灵魂在歌唱吗？"

　　一阵秋风腾起，秋叶成排成阵，像出航的帆船，像远飞的鸟儿，高唱着《大风歌》，翩翩起舞，昂昂直下，仿佛去接受新的使命。

　　是啊，草木荣枯，人生死灭，本是很自然的，为何对于死那么畏惧呢？

　　死，是哲学。在死的阴郁的背景下，哲学思索人生，宗教超脱人生，艺术眷恋人生。

　　我寂寂地走着，我沉思着，大山也沉思着。

三

　　啊，谁说大山的秋魂是寂寞的？大山的秋色是贫乏而单调的？谁说，秋山的心是凄凉的？不，大山的秋是浓烈的、火热的、喧嚣的。秋天的山野是一部多重奏的交响乐，秋天的山野是依照一种无形的力量，晕染、出脱、组合了许多琳琅多彩的画。那紫霞似的蜜罐花，那白云似的水晶花，那比湖水还蓝的石竹花，还有那凝血的喇叭花、流金的山菊花、绽银的干枝梅……这些大山的精灵，饱汲了日月之精华，受四时雨雪风霜之润泽，开得热烈奔放，开得浪漫而潇洒，摇曳生辉，缤纷溢彩，妩媚婀娜，烂漫多情。仿佛风一吹，便跳起色彩的迪斯科、色彩的圆舞曲。你若伏身仄耳，还可以听到色彩的急流在奔腾、在喘吁、在歌唱、在哭、在怒、在笑……是的，这才是大山之秋的主旋律，这才是大山之秋的生命和灵魂。

我的思绪折碎在这色彩的急流中了。

是谁给秋冠以"金黄"二字，把秋称之为"金秋"呢？其实这是极偏颇的。在我们东方古老的文化中，最崇拜的是"金黄"色了：皇帝的寝宫用的是金黄的琉璃瓦；皇帝的龙袍用的是金黄色的丝织品；皇帝的辇驾也挂着金黄色的帷幄；我们中华民族最崇拜的图腾——龙，也是金鳞金爪……仿佛，我们中华儿女的历史是从金黄色中过滤出来的。

历史毕竟是历史。历史不是一种色素描绘的，正如大山之秋绝不是单调的色素编织了它的灵魂。倘若世界只有一种色彩，那才是真正的禁锢和寂寞了。赤橙黄绿青蓝紫，缺一构不成这纷繁的世界。应该把秋从长期的偏见中解救出来。当我拎起自己的思想，继续向前走时，觉得山也深了，秋也深了。

四

越过一道山崖,前面是一道幽谷,是一片平静的深邃。谷地上,是一片蓝莹莹的鸢尾兰,那花开得格外热烈、豪放、浪漫。一片波动的湖泊,一片缥缈的蓝幽幽的梦。然而,这热闹的世界,却不见蜂喧蝶舞,听不见雀声鸟语。是蜜蜂飞不来吗?是蝴蝶忘记了它吗?是鸟儿嫌弃它吗?这是一片蓝色的荒漠。荒凉得令人感到寂寞,寂寞得令人感到酸涩!

我俯下身,看见那蓝莹莹的花瓣,已有些许凋零了,在它的身旁或许沉睡着它们的祖辈和父辈的遗骸和骨骼。它们就这样年年岁岁、代代相承地开放在这里,谁来光顾它们呢?只有风、霜、雨、雪和阳光吗?

站在这里,让人产生一种超越时空的缓冲,一种时间的永恒、岁月的悠久。它们不慕繁华,也不稀罕他人的青睐,只是尽其力,吐蕊怒放,心无邪念;甘于寂寞,默默地生长,默默地追求,默默地奉献,默默地完成自我。在浮华中求得清淡,在热烈中求得寂寞,在喧嚣中求得宁静。

我久久地凝望着它们,一个永恒的秋天,大自然的悟性以完美的形式,在空旷中充实着我,在震撼中提升了我,我这么想着,蓦然地对它们产生了敬意,觉得它的空静中蕴藏着一份不寻常的美!哦,这山涧的花哟!

人生,不也需要点苍凉,需要点寂寞吗?

一味地追求浮华、声色、虚荣,那才是悲凉呢!

五

在秋天的阳光下缓缓而行,既没有刺目的光芒让你难以睁开眼睛,也没有灼热的气流让你难于移动脚步,加上不时有习习凉风,使你有一种从炎夏中解放出来的舒畅。

我走着,山岗也在丛薮中蹑足行走。

眼前是一片松林,枝叶已由翠绿变成墨绿。绿得凝重,绿得沉郁,绿得苍凉,但那枝腮叶眼里却含着春色永驻的神采。

我走在松林里,但见一颗颗松果爆裂了,泪水默默地流下来。那爆裂时的狂喜,制造了一个松果的痛苦。灵魂脱离肉体飞翔时的宁静与和谐,只有山川和河流能同它默默交换语言。

我捡起一颗松果,就像捡起一首发烫的诗。啊,你是死亡和结局的象征吗?不,你是那种经历了全部人生并战胜种种痛苦磨炼才得以完成形象。你是涅槃中的新生,是生命的

雪花睡在枝头

飞跃，是整个大山之秋境界的升华……

我望着手中这颗松果，想起印度那位诗人的诗句：它的欢乐和痛苦是短暂的，而无穷的是它的新生和创造。我的目光，穿过松林，投向远方，我似乎感到大山复苏的钟声要奏响，仿佛听到远方响起隆隆的春的跫音！

人生的过程，就是爆裂的过程，那破碎后的痛苦，才是真正的丰收！

为成熟付出的一切代价都是值得的！

六

夕阳撞碎在山峦上了——那是太阳的葬礼。

残阳把大半个天空照成一片绛红、橙黄、瑰紫、湖蓝，天地间凝重而热烈，呈现出一种绚丽而富于悲剧意义的美。黄昏犹如黎明，都是一天中光明与黑暗交替的时刻。但黄昏比黎明更神秘、更丰富，黄昏中的每一个景物都含有许多不可言喻的颖悟和启示。

山里的夕阳落点高，又没有云彩的阻挡，余辉脉脉，全撒在坡坡岭岭、杂花野草上，在花瓣和叶尖上闪出一片柔和亲切的光，正和天上流丹的彩霞相互映照。落日浮动在山顶和渺远的树梢，逐日的夸父还未赶上来。

残阳也渐渐沉下,只留一片血一样的残红,涂盖了山野,吞没了大半个天空。我仿佛听见了一种痛苦的被熔化的呻吟,一种毁灭之前绝望的叹息,一种焚烧中希冀新生的呼唤。它又仿佛使人看到了万里长城烽火台上袅袅升起的狼烟和大漠穷荒中血流遍野的猩红,听到特洛伊城下剑矛的撞击和阿喀琉斯雄狮般的厮杀呐喊。它逼迫你产生一种历史宏大博深的感悟和人生短暂的慨叹。大自然借助夕阳向你展示,一个伟大的个体在死难时所具有的全部辉煌、庄严、沉雄的悲剧效果,启发你去展开对人生意义的全部思考。

是啊,人生的价值往往表现在他的死亡上。

秋歌三章

更动人的是山野和平原，秋色挥动着画笔，在这广阔的画布上任意地挥洒。

雪花睡在枝头

秋色——生命的三原色

绿葱葱的夏，还未来得及打个句号，那秋风便弹奏起它的小提琴，开始奏响新的进行曲，秋色也挥起它的笔，抒写秋天的诗行了。

早晨醒来，淡金、浅红、薄紫交融渗透，润染一体的霞光，照进窗来。推窗望去，远处的山野变得绮丽多姿，色彩斑斓而凝重，像凡·高的画，用色总是沉郁而辉煌。

秋色是迷人的、瑰丽的、斑斓的，古人常说，春光如锦，其实，真正美的还是秋色。赤、黄、绿，正是生命的三原色。你瞧，秋色多么细腻、温柔、多情，它不仅给苹果的笑靥上涂上口红，还给葡萄的眼睛涂上淡紫，给山菊花染上橘黄，给树叶染上黄绿……秋色爱她每一个儿女，就像过节时，勤苦善良、慈祥的母亲总是倾其所有，把她每个儿女都打扮得鲜艳漂亮，即便是一条消瘦的丝瓜，也着意渲染，不肯掉以轻心。你看那丝瓜的颜色多么诱人，寻常只是一味地绿，绿得那么浓郁，秋一来，秋色轻轻一抹，绿就变得深浅不同，上端淡绿，中间浓绿，下端便渐渐化为淡青，又抹上一层淡淡的紫色，便觉得光洁如玉，鲜明如宝石、如翡翠。

秋，把生命的三原色还原给生命。

更动人的是山野和平原，秋色挥动着画笔，在这广阔的画布上任意地挥洒。苍郁的山变得五彩斑斓，碧绿的田野变得色彩纷呈，你看它一笔一笔，那么动情，那么热烈，那么层次鲜明，浓淡相宜。给人的心灵也蒙上一种美好、脱俗的温情，即使一棵小草、小花，也不轻易漏掉，该黄的黄，该红的红。

我想起古人的诗句："晓来谁染霜林醉？"杨万里却道："小枫一夜偷天酒，却倩孤松掩醉容。"原来枫叶艳如朝霞，灿如鲜花，是夜间偷喝了天酒，它酡然而红，色彩明媚。秋色满林，大有铺锦列绣之势。我眼前没有槭树（枫树），近处的山野上倒有片柿树林，树枝间挂满了小灯笼，又像谁点燃了千万朵小火苗，摇曳着，欢笑着，静穆中的热烈，沉默中的喧嚣，闪耀着爱的光辉，传递着成熟的温暖，整个山野都在燃烧，弄得秋色有种近乎眩晕的亢奋。秋色的这种瑞应之气、耿耿之元气，有谁不会奋袂而起？谁还会产生那种凄凉和悲怨之感呢？

夏天，是苦涩的浪漫，是生命乐章中最高亢的片段。而且夏天是色彩的倾斜，只有到了秋天，色彩才变得平衡。

秋色是一位杰出的艺术家，它比起东山魁夷，比起列维坦，比起康斯泰勃，更有色彩感、质感和美感。

秋色，古往今来，多少文人骚客，用艳丽的词汇描绘它，尽管那诗词歌赋，带着作者不同的心情，有的写得萧条、凄凉，有的写得绚丽、璀璨，有的扑朔迷离，有的忧郁悲伤，但是秋色却是动人的、迷人的。

我观赏着这一页页秋色，心里荡起说不出的幸福。我想起托尔斯泰的名言："我是一个艺术家，我的一生都是在寻找美。如果你能向我展示美，那我就跪下来祈求你赐给我这最大的幸福。"托尔斯泰对大自然、对美是如此挚爱，时常打动我的心。我曾幻想，天宫的织女给我织出秋色一样绚丽的锦帛，让我穿着秋的色彩；我甚至想，从苹果、从橘子、从高粱、从稻谷里榨出秋的色彩，痛饮个酩酊大醉。我要在山野里倾听秋色的歌，吮吸秋色的气息，饱啜秋的色彩——我才真正领略"秀色可餐"的意蕴，让我浑身涂满秋的色彩，化为一棵斑斓的秋树、一棵摇曳的秋草、一朵妖艳的秋花。

啊，秋色，那红给我热烈，黄给我忠义，蓝给我淡雅，白给我纯洁，粉红给我希望，绛紫给我凝重……

让我浑身濡染这生命的三原色，壮我的胸怀，拓我的思窦，给我以辉煌和光明！

雪花睡在枝头

秋思——美丽的愁绪

早年读徐志摩的《印度洋上的秋思》，常被诗人描写的月色迷惑，他把秋思的源泉归结为秋月。是的，秋天的月夜，最令人思想，怪不得古人诗云："今夜月明人尽望，不知秋思落谁家。"

秋是一个美丽的字，秋与心构成一个"愁"字，宋代诗人吴文英曾有诗云："何处合成愁，离人心上秋。"

想想看，在静静的月夜里，一个愁思缱绻、云鬓散乱的闺妇，凭栏而立，眼前一帘秋月，半窗竹影，草吟虫鸣，夜阑塞窣；远望秋月迷蒙，新雁横空，睹景生情，愁绪更增，无限愁绪，几多思念，遥寄戍边或羁旅他乡的郎君，正应了那首词的意境："雁横南浦，人倚西楼……空恨碧云离合，青鸟沉浮……芳心一点，寸眉两叶，禁甚闲愁。"那份迷惘，那份凄凉，那份孤独，那份神伤，怎能不令人愁肠百结？倘若三两片秋叶飘然惊落，几粒冷萤划过，一阵寒风撩起薄裙，那氛围就更加凄凉酸楚了……

秋思是忧伤的。

秋思是一首凄苦的诗，是一支眷念的歌。

然而秋思也是美丽的。

你想想那种"月上柳梢头，人约黄昏后"的镜头吧。一片迷蒙的小树林，一钩新月冉冉升起，清辉袅袅，薄雾缭绕，一位少女依树伫立，等待情人的到来，那一缕情思，那一个等待，那一份焦急，该是多么动人，多么美丽，多么甜蜜。那林间沙质小路，幽然如梦，飘然远去；风吹树叶沙沙作响，疑是情人脚步声，又激起心湖一阵久久不息的涟漪；当久盼的身影蓦然出现在小路上，那颗心却溅起"几多欢喜，几多惶惑"，再平添那野花的清香、秋叶的芬芳、秋月的一袭清辉，给人一种甜甜的心悸、甜甜的温馨，这情景且不说醉了画中人，局外人望一眼也该是薄醉微醺了吧！

最动人的秋思，莫过于母亲中秋节对远方游子的思念。

每逢佳节倍思亲，月到中秋分外圆。中秋佳节，这是中国最隆重的节日之一，这是思念最浓重的日子。

忙过春，忙过夏，当收获和喜悦落满农家小小庭院时，满庭月光映着母亲那佝偻的脊背、那多皱的脸颊、那飘然的白发，此时多么盼望远方的儿女回到身边，赏故乡的秋和月，享受人间的天伦之乐啊！

想想吧，当一轮圆月冉冉升起，小小庭院，清辉如注，夜风薄薄，秋寒轻轻，老母亲坐在桌前，桌上摆满瓜果梨桃、月饼点心，花香、果香、秋香，弥弥漫漫，望眼欲穿的老母亲，盼子心切。淡淡的夜色里化出游子的身影，沙沙落叶疑是儿子的脚步声……可怜天下父母心哪!

而游子并没有如期归来,以慰老母亲思念之心,身下的石头凝满斑斑秋寒,地上的树影摇曳点点梦幻。那斑斑点点、点点斑斑,这都是母亲的泪,这该是一份多么沉重的秋思啊!

秋思,是一首动人的抒情诗,无论是凄婉的、沉重的、悲伤的、忧郁的,都是一首美丽的诗,是人类情感履历中最凄迷、最美丽的一页。

秋籁——大自然走向完善的聋音

请你到秋天的山野上来吧,去倾听一曲动人的秋籁!

秋,不仅有色,还有声。秋声是一曲生命的辉煌赞歌。

虽说那怀抱残枝的瘦蝉,声音变得嘶哑了,草丛中的纺织姑娘的歌声变得凄清了,青蛙的鸣叫显得冷落了,它们进入了分娩状态,那分娩不是阵痛,而是欢乐。秋声绝不是凄凉悲怆的。

你走进田野,会听见豆荚的爆裂声,鼓鼓的,胖胖的,一粒金黄从褐色的外壳中崩裂出的一刹那,犹如石破天惊,浑蒙顿开,谁说是哀伤呢?那是生命升华的壮丽之声,这是一个新天地的开创,是一幕壮剧的开始……

| 雪花睡在枝头

如果是夜晚，你到山野上来，秋籁更加动人了。看吧，月光如水如脂，泼洒涂抹在庄稼叶子上，黄的或绿的叶子，都失去了本色，边缘上闪烁着毛茸茸的光。这时的夜籁是动人的，你会听到庄稼叶子低低絮语，仿佛是一群即将出嫁的姑娘，把少女最后一夜的悄悄话都说尽，那话语里带着惊喜和惶惑、不安和憧憬，发出向往光明纯洁的忧郁气息。至于果园的秋籁更迷人了，苹果、鸭梨、水蜜桃……每到夜晚也会说话。如果把它们的语言翻译出来，将是一首动人的民歌、民谣或乡土诗，那诗里蕴含着成熟的喜悦和甜蜜，字里行间闪烁着生命之光的斑斓，那韵律也跳动着骄傲和自豪……

这是秋的声音，是生命从苦涩走向芬芳、从幼稚走向成熟的步履声，是大自然走向自我完善的跫音。

秋籁，每一个音符里都洋溢着生命的充实与饱满，都洋溢着万物进入升华阶段的欢乐和悲壮。

秋籁最动人最壮观之处，还是林间。每一片叶子都是一个音符。秋风用它透明的手指轻轻弹奏，于是那茫茫林海，气势磅礴，充满激情，仿佛响彻贝多芬交响乐的旋律：白杨萧萧，那音符铿锵如大钹；楸树飒飒，如银瓶乍裂；那杉叶瑟瑟，如小提琴演奏；那柳叶窸窸，如清箫之韵；而松涛烈烈，低沉凝重，像大贝斯；而竹篁，则是窸窸窣窣，清幽委婉……这是生命的浩歌，这是大自然英雄主义的乐章，深广、敦厚、博大而沉雄，不是生命走向尾声的悲壮，而是生命旺盛、强大、持久的力量，仿佛炫耀一种理想化的品格。

当你躺在这林间草地，静静地倾听这秋籁，灵魂也融化在这壮丽的乐章中了……在庄严深沉的静寂中，你会感到这秋籁的乐音，从天空传来。

当然，这是初秋和中秋，到了晚秋，生命的天籁已近尾声，乐章的高潮已过，秋叶已飘零殆尽，感到秋寒袭来的虫豸，其鸣叫声，也充满了忧郁和悲戚，还有那一溪流水也呜咽如泣了。这时，倒真像欧阳夫子笔下的秋声，"其意萧条，山川寂寥"，其声也"凄凄切切"了。

秋风·秋意·秋阳

秋风,你从遥远的天穹吹来,可带来秋阳的芬芳、秋云的悠情?

| 雪花睡在枝头

秋风——生命乐章的变奏

秋，从哪里来？是从夜晚一眉璧月清辉中弥漫出来的？是从庭院尖溜溜的梅豆角里流溢出来的？是从竹篱上豌豆花、喇叭花的芳唇里散发出来的？是从澄澈的小溪里漂流来的？是从树木泛黄的叶齿里滴漏出来的？

谁知道呢？早晨醒来，只觉得一阵凉沁沁、爽净净的风吹来，那么舒贴、惬意。啊，是秋风！秋风，你从遥远的天穹吹来，可带来秋阳的芬芳、秋云的悠情？可带来成熟、希望，还有那一曲辽阔、悠远的生命的牧歌？

我喜欢秋风——当然是初秋的风了。它，明净、恬淡、清丽、潇洒，给人一种畅远、淡泊的韵味。

谁说秋风无色无韵呢？你瞧，它抚摸过小树林，小树林翠绿的枝叶便留下柠檬黄的指痕；它亲吻过野菊花，野菊花便绽开浅蓝或淡金色的微笑；它热恋过高粱，高粱穗儿便发出缠绵甜蜜的爱的絮语；它拂过庄稼人那辽阔酣沉的梦境，浸泡得鼾声也变得香醇……

秋风，你启开了夏季厚厚的尘封，使辽阔大地出现彩霓霞辉，生命的脉动萌发出新韵律——起伏跌宕、酣畅淋漓的变奏曲！

生命在开屏，大自然在开屏！

我喜欢秋风，爱山野秋之浩荡，喜天地之澄清。秋风，它搜集了春的香魂，撷取了夏的芳心，吸摄了冬的精魄，饱蕴着太阳和月亮的情愫，只要你深深地吸上一口，那日月之精华、九天之甘霖便灌入你的肺腑，让你微醉薄醺……

古人总是对秋风没有好感，仿佛它的到来是不祥之物，"当年不肯嫁春风，无端却被秋风误"，埋怨荷花不在春天开放，而至秋天便花残叶落了；"共苦清秋风露……骎骎岁华行暮"，哀叹人生之短暂，望秋风而伤感；"昨夜西风凋碧树"，更是千古绝唱，把秋风当作屠杀生灵的刽子手，诅咒秋风是败家子，把树木整整一春一夏的积储，一夜工夫便踢腾光了……

其实，没有秋风，哪有成熟的色彩？哪有芬芳的果实？没有秋风，哪有梦一样甜、酒一样酽的秋色？没有秋风，哪有生命的飞跃与升华？是秋风收藏了残留枝头的金叶，免遭寒冬的咀嚼；是秋风摘下枝头的果实，给人间送来甜蜜和芳香；是秋风把种子交给土地母亲的怀抱，播下未来和希望；

是秋风用它透明的手指，弹拨着季节的乐章，架起生命与生命的桥梁！

我爱秋风。我爱沐浴着秋风散步在山野小径上，一任秋风的旋律在我耳鬓吟诵、歌唱；我爱躺在故乡8月的原野上，一任秋风透明的柔指抚摸我的脸颊、我的头发，熨平心灵的皱褶，让花香、草香、果香、禾香，将我的心灌醉；我也爱坐在小河边，看秋风撩起姑娘很秀气的刘海，撩起很诱人的裙裾，看老人坐在岸边静静地垂钓秋天的诗句……

又是一个秋天的黄昏。

芳草有心，夕阳无语。秋风薄薄地吹，那山野的色彩斑斓极了，虽然还有青，还有绿，但已不是青和绿的一统天下。秋风，校正了倾斜的颜色——以浓郁的色彩酿制的景观，使我振奋，仿佛观赏一幅绚丽壮观的画卷。

路边的小草结出种子，那是生命的结晶，有了它便有绿色的后裔，便有了绿色的延续；身旁的果枝像挽住了燃烧的火，挽住了灿烂的霞，挽住了一个多情的季节；远处的山也出现了橘黄、柿红、葡萄紫——那是生命之光，到处都在飞彩、飘香、流蜜……

一阵秋风吹来，我伸开双臂，敞开怀抱，秋风带着少女的羞涩、生命的芬芳，在我怀里撒娇、呢喃；我像拥抱少女，像拥抱朦胧诗，像拥抱印象派画家和迪斯科旋律遗落的露珠和委屈的山歌，我拥抱秋风的惬意与丰采的爱情，我的心醉了……

秋意——一个成熟的谜

我常常想，大自然是一个杰出的艺术家，它构思每一部作品，都有一个严肃的主题，而且立意清新，不落窠臼，不同凡响。

我想，秋的立意是什么呢？它蕴含着什么深沉的主题呢？秋，这篇作品，有冬的构思，有春的情节，有夏的故事，它复杂繁沉，丰富多彩。它每一行文字，每一个标点符号都有深刻的意境。

秋意是萧条的吗？是凄凉冷落的吗？是悲戚，抑或是淡泊的吗？

我带着这个疑问，走向山野。

一片浓密的小树林挡住了我的去路，我问小树林，你们知道吗？但见那柳树摇曳着婷婷的倩姿，虽然不减当年风韵，叶儿却变得羞涩金黄，它似乎在向我讲述生命途中的曲折和漫长；那一排排白杨，喜欢喧哗，喜欢歌唱，但此时却显出庄严的肃穆，雄伟的丰采；而那楸树和橡树，举着圆的和椭圆的小巴掌，向蓝天默默地祈祷着什么，我望着那脉络清晰的掌纹，绿中泛黄的肤色，仿佛看到成熟圆满。

我走向果园，满园的苹果、山楂、石榴，还有鸭梨，你们知道吗？它们一张张红的、黄的脸靥上挂着少女的羞涩，躲在枝叶里，不肯泄露秋意的谜。

我走向葡萄架下，那一簇簇紫微微的葡萄，闪着俏皮的、亮晶晶的眼睛。我想，那该是秋的眼睛吧？透过盈盈的秋波，可以窥见秋的灵魂：晶莹、充实和富有……

我走向田地，满地的高粱和谷穗，低垂着沉重的头颅，高粱和谷穗向我讲述春和夏的故事，其中还穿插着风雨雷电的情节，我听不懂它们的语言，但我分明看到一颗饱实的种子，向人们献媚似的，闪烁着它们生命的光彩。

我疑惑地躺在路边的草丛里，目光穿过白杨林稀疏的枝叶，我看见一团团洁白闲适的云朵悠然地散步，轻轻地笼罩着我此刻微澜不惊的思绪，一切都像我意料中那样宁静，夕阳挂在天边林梢，云间，冉冉新雁飞向寂寞的远方……

夏的酷热和沉郁已经远去，季节便开始了自我整饬，深思熟虑的秋，便以独特的节奏，开始了对春和夏的总结。

但我知道秋的风格：斑斓、热烈、浓郁；秋的气质：敦厚、凝重、矜持；秋的韵味：甘甜、幽香、温馨。我却没弄懂秋的更深蕴的含义。

秋意，一个难解的谜，它在一个朦胧的清晨潜入，又在

| 雪花睡在枝头

火辣辣的中午消失；它在一个迷离的黄昏蹑足而来，又在岑寂的深夜遁走。它钻进果林里搅得青涩的果实不安地激动，又渗进一片高粱地掀起骚动的红潮；它盘桓在高山峡谷，逗得山花微笑，又潜入溪流，使山泉流水的眼睛更加明丽；冥冥中它悄悄地掀开少女蓝色的梦帘，使少女发出甜甜的、微带颤悸的叹息……

春天，是充满浪漫和传奇的季节。春天，蓓蕾正绽，新叶吐绿，宣告大自然生命的复苏。而秋天却以一种微妙的方式向人们展示这一奇迹的延续，植物将未来托给籽和根，昆虫的卵和蛹贮藏着明天，生命的乐曲已至暮年，高潮已接近尾声。

一颗松果从我头顶落下，破译出一个密码——从种子到种子，生命走过了一个圆满的圆——这莫不是秋意的谜？

秋阳——一支响亮亮的歌

秋天的阳光丰盈而隆重地铺展开来，走进秋阳洗亮的田野，一抬眼，碧如海蓝的天空映衬的大地是一片五彩斑斓，每一眼都是连绵不尽的色彩。

季节搭起凯旋门，秋阳奏响了一曲生命的凯歌，这是一曲辉煌的乐章。此时，每一种生命都承受着太阳庄严的洗礼，它们不是羞涩和憧憬，而是坦然地表达着期待和希冀。

一帧帧风景画纷至沓来。

秋天的阳光娴雅而热烈。我坐在阳光里，坐在一帧帧油画般的小树林和草地上。那秋阳被小树林割成一块块，阳光一块块停留在我的周围，投影沐浴着我脚下的小草地。

在这里，我的感觉一下子变得轻松而清爽了，仿佛生命都浸透了阳光的光泽，仿佛每一个细胞都变得透明。

没有噪耳的喧声，没有令人窒息的燠热，周围是一片芬芳的静谧，只有一条小溪蜿蜒蛇行在丛林峰谷之间，载一路斑驳的树影，缤纷的落英，流向远方。而空气新鲜到呛人的程度，透明，晶莹，人的肉眼可以看到阳光的流动。我的每一次呼吸都感到肺叶涌进一叠叠阳光，甜馨馨的阳光。我真想把世界吞进去，不，把五脏六腑掏出来，交给这个世界……

在这一片温馨中，你会感到天空展劲地蓝，展劲地纯，纯得如少女情窦初开的眼睛，蓝得令人憧憬，令人梦幻，令人惊羡。

在一片静寂中，我听见秋天的太阳在歌唱，歌声犹如一支叮叮当当的山泉，而山泉没有它柔曼、清丽；犹如一池碧盈盈的春水，而春水没有它明澈、晶莹；犹如出浴的少女一样妩媚，而少女没有它潇洒、爽朗。

秋阳的音符是金子铸成的,它的音质如玉磬,它的旋律使1000个贝多芬、10000个柴可夫斯基羞愧。

秋阳的歌声,在高邈的苍穹、辽阔的大地萦绕,飞舞,盘旋,升腾,多梦的季节、金色的憧憬,构成这天地间一曲永恒的乐章,一曲生命由幼稚走向成熟的亢奋的乐章。

秋阳的歌声洒落一方方田野,田野便变得欲望膨胀,弥漫着成熟的希冀;

秋阳的歌声溅落在芊芊草梢上,草梢上便有点点金黄,四周掩映着诗词字句,生命到处都在闪光;

秋阳的歌声落在枝头上,枝头上便有苹果红、葡萄紫、鸭梨黄、栗子绛,枝头上也奏响彩色的和弦;

秋阳的音符落进了小河里,便有柔婉的清波,映出一帘山光云影,摇曳如梦,在那里会听到秋阳独特的声韵,梦幻般的吟哦。

到秋阳里来吧,闻一闻阳光的芳馨,听一听秋阳的歌,你的思想会变得成熟和庄重。

到秋阳里来吧,用青春的烂漫,用想象的彩翼,洋洋洒洒地扩大自己的天空。

到秋阳里来吧,让我们踩着阳光和风的和弦,去收割微笑,收割欢乐,收割希望……

我觉得赤橙黄绿青蓝紫,那是太阳的7个音阶,构成光的歌，热的歌，生命的歌。我愿沐浴着秋阳的歌声，阅读秋天的传奇；我愿张开四肢卧于乡野，拥抱橘黄的地球，探索祖辈留下的宇宙之谜；我愿牵着岁月缰绳，把握"思想者"的犁铧，开垦大地沉积的黑色素……

当我倾听秋阳的歌声时，我常常想起童年，想起故乡，想起故乡金黄的黄昏——爷爷卸下犁杖，老黄牛到沟里啃着青草，长长的尾巴驱赶着牛虻，远近的田野升起薄薄的暮霭和淡蓝色的炊烟，那是一幅意象派的画。爷爷坐在新翻的土地上掏出火镰和旱烟袋，悠然地吸着烟，他那泥土一样黄褐色的皮肤，那土堡般波浪叠叠的脸颊，都跳跃着夕阳音符。他的背已经驼了，像是背着超负荷的地球、超负荷的时空，苦苦挣扎过来的……

晚风里，这里，那里，一声牛哞，几声羊咩，像是为夕阳的歌声伴奏……

太阳的歌声终于停止了，天地间一切都静穆如洪荒时代，当你一抬头，便会看到黄昏是一种普遍的真理，宁静而朴素。

我想，秋阳太累了，它歌唱了整整一天，夜晚该是这金色旋律的休止符吧。我想，当它醒来，第一支歌一定会更嘹亮。

阳光·湿地·湖水

草绿、树绿、水绿,这里的天空也似乎绿了几分。烟水缥缈,水意闲闲,清新灵秀。

| 雪花睡在枝头

在南水北调工程韩庄泵站吃过早饭，稍事准备，我们便乘车去下一站点——二级坝泵站。这里地处微山湖的中部，一条名叫季河的流水潺潺溪溪流入湖中。河口湖唇相吻的地方是一片空旷宏阔的湿地，这是微山湖一大风景，旅游的绝佳之地。

正值6月。天空游弋着大团大团的云翳，阳光穿过灰色的云层，像是经过"火与冰"的淬砺，光芒变得刺人，剑一般直直地劈射下来，这情景像给人一种什么预感。

当我们的中巴车在鲁西南的原野上奔驰时，有一种全新的感觉。7月的田野，树叶和庄稼叶子油油地闪着亮光，带着青草的气味，扑进车窗，给人一种泥土气息的亲切和温柔。中午的田野很静，很少看到农人，仿佛人声隔断，尘世很远，静谧的世界能听到庄稼拔节的声音、花萼破裂的声响。夏季是生命的旺季，到处喧嚣着生命的热烈气息。鸟要觅食、要交配、要繁衍、要育雏，花要绽蕾，蝉要脱壳，庄稼要拔节，树木要扩充自己的年轮，夏天要对各种生命现象给予一个完

满的交代。鸟鸣虫吟,天空和大地都是一种天籁。虽是盛夏,但湖风习习,倒有点清爽清凉。这时我想起艾略特的诗句:

什么树根在抓紧,
什么树枝在从这堆乱石块里长出?
....
风吹得很轻松,
吹送我回家去。

这样的旅游,陌生的乡野,久违的土地,错落的农舍,汽车穿过树林、田野、村庄,我格外兴奋。愉快的心情只能用诗歌来喂养——我们要看那片湿地,一片处女地。

隔着车窗远望,湖野开阔,一览无余,远方的湖水在闪光,波光浩渺。近处是年轻的树林,其间参差着高高瘦瘦的银杏树,空气里散发着浓烈的植物的香味,路旁的田埂上有几丛金银花开得热热闹闹,给这寂静的田野增加了几分欢畅的气氛。

前面不远处就是我们的目的地——湿地公园。这原来是一片田野,有村庄、有庄稼,为了保障南水北调的水质,退耕还湖,偌大的湖岸变成了一片湿地。现在是旅游开发的前奏,已有了基本设施,木头搭起的牌坊门楼、木条铺设的栈道、木房子，全是新建的，缺乏一种历史感、沧桑感。但时间会改变一切。周围的景区已粗略成形，湿地显得寥廓、荒旷。

我们走下车，进入湿地，一位二级坝泵站的负责人给我们讲解相关情况。他是个大学毕业十多年的工程师，学水利的。由于常年在野外劳作，他皮肤黧黑，脸膛黑里透红。他操一腔带有徽音的普通话向我们介绍："南水北调东线工程是解决我国北方缺水的战略工程，南水北调工程水污染防治是南水北调东线工程总体规划的主要组成部分，是输水水质的保障措施。我们这里的小季河截污导流是本区域南水北调水污染防治工程的重要内容。"

这位中年汉子侃侃而谈，他用手指向远处，过去这里脏、乱、差，污水肆流，如今小季河已加宽至少40米，有的地方达60多米，水深三四米，南岸设有15米宽的观光大道。小季河截污导流工程，将运河湿地、国家水利风景区融为一体，成为休闲、娱乐、观光的好去处。

工程师看着我们，问道："你们不是参观游览了台儿庄文化古城了吗？那里是人文历史古城，这里是山水自然文化，天光水色，风景秀丽，更能陶冶人的性情。"

工程师的话语令我们兴奋不已。同行的S君是位诗人，美丽的自然风光引起她无限的兴趣，她也许发现了"诗眼"，

雪花睡在枝头

从包里拿出照相机，啪啪地拍个不停。拍一阵，她回头问工程师："这湿地景区何时对外开放呀？到时我还要尽情领略一番呐！"工程师高兴地回答："明年秋天全部设施齐备，我邀你再光临我们的湿地！"

S君感慨道："真是天工人可代，人工天不如！"

栈道崎岖、狭窄，斗折蛇行，逶迤在芦苇丛中，直通到湖岸浅水处。走在栈道上，如走进一个色彩纷呈的梦，翠绿的芦苇、白色的荷花、粉红的蓼花、淡黄色的桔梗花，还有蓝星星般的马兰草花，树、草、水，湿湿的空气、湿湿的阳光，亲切而热情。芦苇任性生长，高高的、壮壮的，都长傻了，棵棵像竹子似的，还有刚冒出的芦苇笋，直直射向天空；红蓼花、白蓼花也肆无忌惮地疯长，有一两米高，一簇簇花儿开得热热闹闹，像过元宵节似的。还有那蒲草，蒲穗还未长出，叶子又宽又厚，随风摇曳。空气里羼杂着水腥味、泥土味、花香味，沁人心脾，使我们这些常年伏身案牍的"城里人"，享受到这湿润清香的空气，山平水远的超然、平淡和静虚。我站在栈道拐弯处，纵目四望，远处的烟水苍茫，近处的芦苇、岸柳如同帷幕般的重重叠叠，只觉得满眼的红飞翠舞，眼花缭乱，又感到面对的是一个巨大的谜面。历史、逸事、人间的风雨，皆消失得无影无踪，唯有这湖滨、柳浪苇涛，摇撼着这片空旷的土地，发出快乐而动人的声音。

我俯身看到，那浅浅的流水里荇藻乱无章法，有的优雅地随水抑扬，有的浮在水中任水冲荡，阳光穿透云层射来，投射到水面，水里杂草和荇藻露出赭红和青绿的颜色。水边有茂茂腾腾的蕨类植物，宽宽的厚实的叶子，油油地闪亮，还有不合时宜迟开的杜鹃花，皆裹进这一个湿润而又野性的世界。

丰草绿缛而争茂，
佳木葱茏而可悦。

由于潮湿的水汽，阳光被分成七彩的色谱，你会想到19世纪法国印象派大师的油画，欣赏到大自然风景画师列维坦、康斯泰勃的杰作。如果一个人爱上大自然，他才会发现美的东西。

栈桥旁是一棵正值盛年的柳树，树冠肆无忌惮地对外扩张，柳条很有韧性和耐力地下垂，已经勾到水面。水清澈得令人心颤，几尾小鱼在嬉戏光影，追逐水面上的一片落叶，撒着欢儿游。两尾小鱼忽然吵起架来，一会儿用嘴巴撕咬，一会儿又甩着尾巴摔打，它们的叫骂声，惊得水纹急忙散开。鱼儿不记仇，像小孩子似的，转瞬间，又和好如初，亲密无间了。这里的鱼生活得潇洒、自由、快活，它们有的任性游荡,有的傻傻地不动,有的在荇藻间穿来穿去,像藏猫猫,甚至能听到它们快乐的欢叫声。"鱼翔浅底",这里真有诗意之美!

临近湖边,向南望去,一片水波茫茫。远处几叶小渔船,三两人,撒网,桨声哗哗。水草长得不可思议,哩哩啦啦,有几米长,不是竖着长,而是横着长,鱼儿在水草间悄无声息地穿梭。这里是隔世的寂寥、荒凉。

草绿、树绿、水绿,这里的天空也似乎绿了几分。烟水缥缈,水意闲闲,清新灵秀,乃神仙境地也,置此佳境,只觉得一介俗身也羽化升仙了。

我未有古人那种飘逸潇洒的情致,现代生活的节奏,已给人的精神造成了巨大的压抑,只有到大自然中、到山水里寻找解脱。

在这里,你会感到生命的禅悟,犹如艺术的觉悟或灵感骤然而至,你会感到血管里血液在汹涌澎湃地涨潮,你的眼睛会变得明亮、妩媚,充满爱和同情。野草的葳蕤、野花的芳菲、鸟儿的歌唱、蛙鸣虫吟的天籁、天上云彩的浪漫、脚下流水的袅娜,这一切都变得深奥而富有哲理。生命,生命的内涵是什么?你像回到童年,你的大脑里充满了密密麻麻的问号。

我喜欢荒凉,荒凉是野性的美、原生态的美,没有虚伪,没有矫饰，一切都坦荡、率真，这里是纯净的大自然，富有沉重而郁悒的美。超市的工艺品和绢花是美的，城市公园的假山是美的，街道上的雕塑是美的，但那似乎太浅薄，不能让人回味，甚至不能撞击人的心灵。

水与水都雷同，湖与湖都相似。我阅读过太湖的浩渺、旷达，我浏览过洞庭湖水天一碧、波光万顷的壮丽，也观赏过鄱阳湖气迫云天、涛惊群山的磅礴，但我却钟情微山湖这种独特的神韵。它没有白浪滔天，没有惊涛裂岸，似乎带有一种忧郁、拘谨、儒雅、文静。那小小季河，季河两岸这片宏阔的湿地，以及河水在6月阳光下的缓缓流动，都像浅浅的民谣，载着浅浅的乡愁……

我登上湿地新建的瞭望塔，放眼望去，烟水迷茫，绿意浩瀚，我顿时神清气爽。在我面前摆着的是一部大自然的书卷，在这部宏伟的巨著中，我学会了怎样崇拜它的作者。湿地深远雄旷，海一般辽阔，天空一般旷达，这是人类的杰作，更是大自然最高智慧的表现。大地上每棵小草、每株野花，都是大自然之子。它们有灵性，有感情，有崇高、纯朴、健全的自然性。我真想俯下身子，亲吻这些花草，它们平等、自由、自爱、和谐，且富有同情心。自然界是最纯净的，具有天然的真、善、美。

马颊河湿地的黄昏

这是静谧中的喧嚣，是闲适中的热烈，是散淡中的嘈杂。

雪花睡在枝头

春天的黄昏无论在哪里都表现出浪漫美、诗性美，一种青春味儿。晚霞也许抄袭了玫瑰，马颊河湿地笼罩在一片红光里，热血在沸腾，激情在燃烧，生命和文采也格外绚丽。

这是鲁西平原的"另类"，辽阔的鲁西大地一片沃野，密密实实的庄稼、葱葱郁郁的白杨林，哪有荒莽的湿地？全是马颊河的作品。马颊河流经这里，发出几道小汊，恣肆纵横，不守章法，随意流淌，野草丛生，红荆成簇，盐碱成片。这些荒原的素材，创造了一片风光旖旎的湿地。再往前便是杂乱无章的莽林。杂草、野树、流水都有着一种原始力，一种生命美。这力和美不是乡间文明培育的结果，是生命的本来面目、生命的自然状态。这里洋溢着大地的气息，是生命现场长出来的，没有经过理性和教化处理，更没有经过人的删改和修订，树、藤、草、花、水，都带着野性的味道。

据说，明清时期这是官家的牧马场，一片名副其实的荒原。

我走下车，湿地沟壑纵横，水塘成片，草木间弥漫着腐败和新绿掺杂的气味。在这里，生与死，鲜活与衰老，青春的激情与衰败的颓丧，演绎出一道道生命的轮回。树成林，得以常绿；水成溪，因而幽清。林间溪畔，去年枯草还在摇曳，它身边的春草已睁开眸子，展示勃勃生机。鸟儿在树枝上营巢，几乎每棵树上都有鸟巢，甚至一棵树上有数个鸟巢，这里是鸟的天堂。鸨、白头翁、鹁鸪，还有成群的白鹭、苍鹭，群栖群飞。它们轻柔的身体、洁白的羽翅，飞起来像一曲旋律，震颤得树枝悠悠不停。如此婉约之景本应该出现在江南水乡，而今都定格在北国原野，令人惊异。

　　我的朋友孟波是个摄影家，他贪恋湿地的晚景，更爱百鸟唱晚的画面，举起照相机，啪啪拍个不停。白鹭、苍鹭是极有灵性，也是极敏感的鸟儿，稍有异声，便鼓翅远飞。一只振翮，百只鼓翅，好像有什么密契，信息共享。孟波将定格的镜头拿给我看，镜头里出现白鹭清晰生动的倩影，雪白的羽翅、丹红的喙、细长的腿，像芭蕾舞演员似的，踮着足尖，两只黑豆粒般的眼睛盯着树林，一颗核桃般的小脑袋，歪斜着，一副淘气顽皮的模样。夕阳从云隙里打出几道光束，那形形色色的树，每一棵树都有深浅不同的颜色，每棵都集合了很多事物的色彩，所有的色彩都会唱歌，是鸟在唱，色彩才有了生命。有一束光像舞台镁光灯，恰恰投在这只白鹭上，美极了，白色的精灵，大地之诗！

春天,是鸟儿最欢乐最忙碌的季节,衔泥筑巢,交尾婚配,产卵育雏。当幼鸟孵出后,雄鸟雌鸟更是忙碌,朝夕飞个不停,叼来昆虫、小鱼小虾,喂食嗷哺的小鸟,一天要飞几十个来回。

湿地的黄昏,一片杂乱的鸟叫声,那是天籁:"嘀哩哩——嘀哩哩——"那是画眉在枝头上卖弄风骚;"咕咕——嘟咕咕——"那是斑鸠躲在草丛中恫吓同类;啄木鸟趴在树干上,梆梆地做着医务工作者的工作,它黑色的翅膀收敛着,尖硬的长喙,敲击着树躯树干,整个林子都知道外科医生来了,但它们神色自若,一副义不容辞的责任感,生命价值观流露出来;白头翁在老柳树上起劲地唱着"吉福来——吉福来——";野鸽子也不示弱,"啾——啾啾——"元音一迭连声;灌木丛中有几只披红挂绿的野鸡,"吱儿——吱儿——",尖锐的声音发出让人心疼的战栗,是恋爱吗?是雄雉求偶吗?其声悲凄,难怪李商隐有"可在青鹦鹉,非关碧野鸡"之诗句呢!更可怜的是布谷鸟在"哭啊、苦啊"的喊叫不停,像苏三、李慧娘一样凄绝悲恸,叫声从黄昏到黎明,回荡在湿地林间,牵魂挂魄。我觉得每只鸟儿的翅膀都淌着晚霞的流汁,每只鸟儿的眼睛都斟满天蓝水碧的澄澈,每只鸟儿都视这片湿地为天堂!

湿地里杂花纷然,野树葱茏,野草从树根旁挣扎出来,

| 雪花睡在枝头

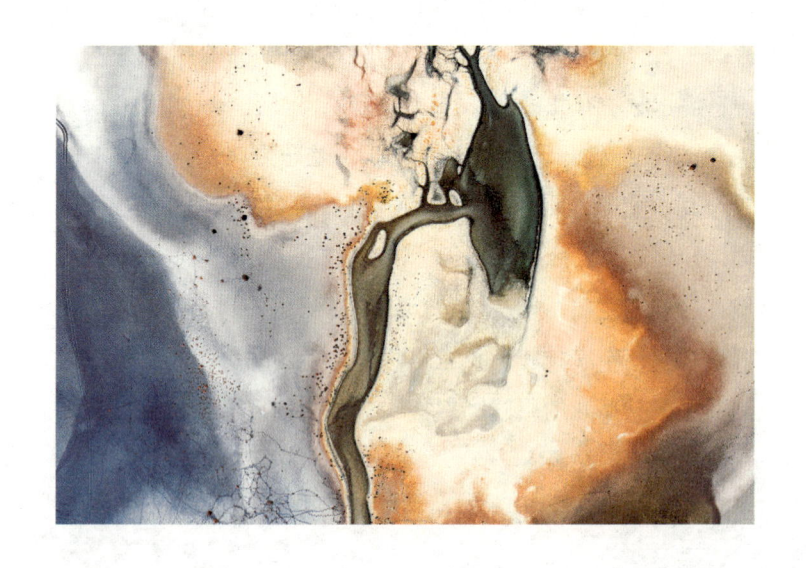

顽强地熙熙攘攘，丝丝缕缕，缠绕着，牵扯着，像章鱼的腿、鲇鱼的头，割不断，理又乱，生命处在野性状态，你是拿它没办法的。树丛里有大大小小的池沼，菰蒲葳蕤，蒹葭苍苍，有野凫在水中游弋、嬉戏，不时将头扎进水里，叼出一条小鱼，连刺带肉，不容分辨地吞食下去。

野鸭是极敏感的野禽，岸边稍有动静，或看到人影，立即带领它的团队，扑扑通通地钻进水草丛中。这时往往有一只大个头的雄鸭或站在高埠上，或蹲在水中石礁上，警戒着周围的一切动静，一旦有情况，便发出嘎嘎的叫声，声音威严，是警告，还是紧急通知，只有野鸭们知道。我不懂得野鸭的语言，很难翻译出这种信息密码。

我们沿着一条碎石铺砌的甬道，慢慢走着。夕阳浅金色的光芒洋溢在树枝间、草丛中，毛茸茸的，那树枝草叶也成了发光体。两股溪流在树丛间相遇，发出欢乐的拍溅声，随之分道扬镳，汩汩流淌，渐行渐远，消逝在草丛中。

新鲜的空气，自由的生命，潺湲的流水，闪烁的霞光，晚风也仿佛金光灿烂，马颊河在夕照里拨动着宽阔的旋律。这是多么美妙的黄昏，百鸟齐鸣，万类俱荣。我觉得人类应该有理智，不是君临万物之上的神祇，他们本身就是自然界的一个物种，只是与昆虫、鸟类、鱼类、兽类不同属科，他们脑袋多了些细胞，学会一种相互交流的语言，其实任何动物都有自己的语言,这语言像世界各民族的语言一样,繁富而复杂,生动而美丽,很难翻译。

我想起了美国作家梭罗,他借了一把斧头,走到瓦尔登湖的森林里,建造了一座小房子,在那小木屋里"观察着,倾听着,感受着,沉思着,并且梦想着",孤独而寂寞地生活了两年。他的目的是"探索人生,批判人生,振奋人生,阐述人生的更高规律"。其实梭罗并不孤独,他以鸟类为友,以树林为邻,与朝霞夕阳为伴,又有清风明月相随,像中国古代隐士和放浪泉林的山水诗人"侣鱼虾而友麋鹿","野芳发而幽香,佳木秀而繁阴","荒烟野蔓,荆棘纵横"。他将生命融入大自然。大自然是一部古老、丰富而深奥的书卷,他阅读这部内涵丰富的天书,才有胆量、有能力批判人生,指点人类的春秋。

有学者说,农业文明是人类文化和社会文明的母亲。但人类文明也总不能躺在"母亲"的怀抱里,像婴儿一样,人类文明在成长,却又不能不赡养这古老孱弱的"母亲"。一些学者都左右为难,手足无措,憋了好些年,提出了"生态文明"这个词。生态文明是一种共生文明,"包括社会共治、经济共赢、生命共惜、价值共识、环境共存"——这就是人类与自然的和谐。

保护湿地,就是实现这种"共生文明"的措施,这是人类从盲从走向理智，从愚昧走向智慧的进步。

我和孟波穿行野草弥漫的小径，脚步轻轻，不敢说话，唯恐惊飞一池鸥鹭，唯恐撞破这甜甜的静谧。静谧是一件最易破碎的容器，像玻璃一样，万物都在静谧中繁衍，传宗接代，这是生命的秘密。

有两只叫不上名字的小鸟，快乐地飞来飞去，你衔泥我叼草，它们大概是新婚夫妻，在忙碌营造婚房，美丽结实的新屋。它们不久要做爸爸妈妈了。

继续向林莽深处走去，又一条小溪在潺潺流淌，清澈得让人心疼，小溪时而钻进草丛，时而跳出草地，它目不旁顾，自管寻找自己的路，执着、专注。身边是层层叠叠的树，乱无章法的野草，还有缠缠绵绵的烟箩，简直是一卷张旭的墨宝，气韵丰满。

我依稀听见树林上空像滚动着一个短促的声音，是谁在轻轻叹息？是树木萌发绿叶、生命分娩的声响，是万物复苏窸窣之声，还是生命舒展后轻松地叹了口气？树叶在轻轻晃动，野鸟在啾啾鸣叫，还有细细的虫吟……

这是天籁，这是大地的脉动，这是万物的胎音。这是静谧中的喧嚣，是闲适中的热烈，是散淡中的嘈杂。初春湿地的黄昏，湿润而温和。

我望着林莽、杂草、藤萝，听着百鸟唱晚、万物春天竞自由的欢悦之声,心中默默为春天祈祷,为鲁西平原这片湿地祝福。

湿地没有回应我。

雪花睡在枝头

雪花睡在枝头,微风唤不醒它,孱弱的阳光,折不断它的梦。

早晨醒来，拉开窗帘，迎面扑来一片皓白，房顶、树木、甬道、花圃、草地，铺上一层浓浓的雪。是春雪，绵绵密密，随风潜入夜，雪落细无声，一夜间刷新了世界，妩媚了大地。阳光带着早春的风情，抚慰着万物，天蓝得纯净，像真理一样，赤裸裸的，一尘不染。天地间一派白色的静穆。

我本想伏案写作，但经不住窗外雪景的诱惑，便离开书房，踏雪赏景，领略天地之大美。这些日子我一直忙于写作，思想总是驰骋在虚幻的世界里，鲜花着锦的热烈，落木萧萧的苍凉，云翳般的忧郁，彩票中奖般的惊喜，情感在波峰浪谷里沉浮，思维在焦虑中抽搐。

眼前是个小公园，园中栽满了树木，落叶的银杏、杨树、柳树、枫树、樱花树、桃树、山楂树，光秃秃的枝条上落满了雪，浓浓的，厚厚的，如诗人所云"雪花睡在枝头，微风唤不醒它，孱弱的阳光，折不断它的梦。它憨憨的样子，睡得这么安详、沉实"。而塔松、女贞、冬青在积雪中依然露出黛绿，伴着我们走过漫长寂寞的冬天。这个花园很雅致，也有节操，抵御着外面的喧嚣、芜杂，在这个纷乱的世界保持一份静谧，保持着一种雍容而高雅的尊严。

格外喜人的是一丛迎春，风抖落身上的雪，长长的淡青色的枝条上，露出一排绛紫色的骨朵，那是它的文字，翻译出来，便是一朵朵金色的小诗。

我散步在小径上，踏着积雪，脚下发出咯吱咯吱的声响，那声音好像从远方隐隐传来的春的跫音。北国冬天的凛冽霸气已有所收敛，这初春的雪便是它忏悔的自白。微风吹落树上的积雪，扑簌扑簌地落下来，每棵树木都袒露着植物的亲切。走过一个小小的池塘，水不深，结着薄薄的冰，水在冰下闪烁着深沉的幽暗，冰面上贴着去秋的几片落叶，风吹来，它们懒得动，也不动。我阅读小园就像阅读一篇散文，章法清晰，线条柔和，意境优美，清丽如诗。我们的日子被竞争的双手撕得血肉模糊，我们的灵魂也积满了尘垢，我们需要一片净土。

独处时，最喜欢是回忆。翻过去的日历，把往事翻成记忆。那些逝去的日子，像飘忽的云，转眼间无影无踪了。使人想起时下一些流行语——"我们的时间哪里去了？""谁偷走了我的时间？"日子就像秋天的树，落叶一片片凋零，最后只剩下光秃秃的树枝树干。但春风又使千枝万叶萌动复发起来，我们的时间却一去不复返。望着渐渐融化的雪，我忽然感到梦想与现实切换时的晕眩,谁不感到迷惑?冬去春来,这一去就是诀别。送去一叠叠流水的岁月,迎来的又是一片苍茫。

我想起一个词语——"澡雪精神",这是庄子在《庄子·知北游》里提出来的"澡雪而精神",就是用净美的雪来洗涤我们的精神。我们需要净和美,需要心灵上的净,视觉上的美,需要精神的芳草地,需要一种高雅高洁的人情美、语言美、人文美。

晴天的雪景处处是美,物物是美。雪埋葬了肮脏和污浊,古人赏雪,"千山鸟飞绝,万径人踪灭",那是天远雪茫的大美!他们超然物外,灵魂脱俗,是一种清高孤傲人格的表征。古人对大自然的博爱,是"天人合一"的大智。

我徘徊在花园里,顿然感悟到自然之美、生命之美。遗憾的是我走近自然并未融入自然,因为我缺一张入场券,很难,它要求六根清净,抛弃尘念,超脱功利和欲望。我做不到,所以身在自然,也难领略天地空灵之大美。

大漠走笔

掬起一捧沙砾,撷一蓬骆驼草,采一束荒漠月色,使我陶醉、使我迷恋。

| 雪花睡在枝头

一

　　黄，黄，黄。无边无际残秋的黄，落日的黄，锈铜的黄，杏黄、橙黄、柠檬黄、狮黄、蟹黄、象牙黄，铺天盖地惊心动魄的黄，雄雄烈烈，赫赫荒荒，张牙舞爪扑来，劈头盖脸压来，吓得我直打趔趄，喘口气，脸都黄了。这漫漫黄沙把天空、把风、把过路的时间都染黄了。我真想大喊一声：沙漠，沙漠，这就是你吗？可是话到嘴边，我惶然变得无力，我陷入黄沙的图圄，我成了黄沙的囚犯，我难以挣脱黄沙的樊篱。我遥居东海之滨，一提起沙漠，便觉得那是遥远的传说、神秘而古老的童话，而现在我就困在茫茫沙海之中了。

　　横在我眼前的就是乌兰布和沙漠。

　　那翻滚的沙涛，使人想起黄河的波浪，一卷卷，一轮轮，无声无息地波涌着、激荡着，仿佛听到它们滚滚湝湝、奔腾行进的暗鸣中已经降低了愤怒宣泄的音律。那郁郁累累亿万吨黄沙，重重叠叠堆积在苍穹之下，把地平线啃得坑坑洼洼，而那高耸的沙山,是黄沙的金字塔,仿佛塔顶之上站着一位远古的威武的神,大声宣布:"这是生命的禁区!"

啊,多么粗犷、苍凉、浩瀚的巨幅啊!

怪不得我来时翻阅唐诗宋词时,柳中庸就极力劝诫我,去不得啊,"黄沙碛里本无春";而陆游老夫子抓住我的胳膊,阻拦道:"小子,莫太野,'度沙风破肉'";还有我那位山东老乡张养浩先生,谈沙色变,摇头晃脑,慨叹道:"穷圻惟沙漠,昔闻今信然!"

然而,他们并未泼凉我一腔豪情,我硬着头皮莽莽撞撞地闯进了沙漠。

二

我向大漠深处走去。

啊,雄性的大漠,野性的大漠。

大漠,你这天地间雄浑的史卷,到底记录着什么?汹涌澎湃的内容里包含着什么伟大深邃的哲理和诗情?那拱起的脊背里有崛起的传奇么?那凹下的沟回蕴藏着深沉的记忆么?

"瀚海",古人造词是多么贴切啊!沙漠,你有海的胸襟,海的情怀,也有着海的性格。那荒凉的沙涛里,可以读到历史跌跌撞撞跋涉的脚印？可以读到岁月蹀蹀躞躞的履痕？可以读到古老的哲学？发黄的传说？生锈的神话？那大幅大幅的皱褶，大起大伏、大彻大悟的跌宕，是悲欢离合的结局，还是一曲被压抑、被禁锢的奏鸣？那奔放的流态是生命涌动的潮，还是力的释放，力的凝聚，抑或是大漠骚动的情感？

沙漠和大海一样，都是人类居住在这个小星球上的巨子，只是血管里流淌着不同的基因：一个是黄，一个是蓝。大自然更钟情于沙漠，以雄奇的线条，苍凉的笔触，大写意的手法，把沙漠的形象塑造得更奇伟，更惊心动魄。

雄沉，苍茫，博大，旷达。每一页沙涛，每一叠沙浪，每一道沙流，每一尊沙峰，都展示了大漠狂傲不羁的风采，展示了大漠恢宏不凡的气度。这里有李太白的千古遗风，有苏东坡的大江东韵，也有贝多芬的狂飙激情，还有三闾大夫的悲壮苍凉！但是却难以打捞李清照的黄昏，难以寻觅柳永的杨柳岸、晓风残月，当然也很难捕到张恨水的鸳鸯蝴蝶！

三

只是沙。沙丘沙岭，连嶂竞起，叠叠重重，蜿蜿蟠蟠，地平线时而拉得很近很近，时而又被推得很远很远，炫人眼眸的赫赫煌煌，仿佛是哪个巨盗大侠把世界的黄金偷来，又研成齑粉,他要干什么?陆游也不知道。

仰天不见飞鸟,低首不见绿茵。沙砾灼人,我被黄沙煮熟了,浑身瘫软下来。这时,我感到故乡烟雨霏霏、柳丝袅袅、粉荷亭亭、游鱼唼喋的大明湖,倒是一个虚幻、一个遥远的梦。

但是地质学家和考古学家告诉我,大漠,你原来是一片莽莽的森林,浩瀚的湖泊和海洋,森林里有奔突的恐龙,有吼啸的斑马和古象,树荫下有芳草野花,枝头上有始祖鸟的鸣叫,海和湖里有巨鲸和幼鱼,波涛上漂浮着海藻和水草……不知哪个时代,地壳变动,江海倒流,森林消逝,流水退去,地球上出现这片生命的禁区。

那沙丘、沙梁、沙凹,都是一堆堆排列整齐的象形文字,它记录着一部瀚海雄奇的变迁史——也许这是古代海底的升降,也许是风雨和山岩搏斗的结局。以前的高山被时间磨碎了,残留的沙粒把命运交给大风——这个极不负责任的恶魔。不管命运如何,大漠你仍然是宇宙大厦的支柱,你的存在乃是不可磨灭的象征。

我掬一捧沙粒,就像捧起一个斯芬克司之谜。

四

  我在沙漠中蹒跚行走。大漠板着一副黄褐欲赤的面容,冷漠而严肃,那一峰峰沙丘,僵坐在那里,沉默着、木然着,接受着同样沉默的阳光。

  沙漠是生命的禁区吗?不,在这苍凉的画卷上,也偶尔点缀着星星点点的灰绿,那是沙蒿、沙蓬、沙棘和骆驼草,它们是来粉饰干旱和荒凉的吗?是来点缀这沉寂的世界的吗?是为这粗犷雄浑的大合唱中,添一缕江南丝竹笛韵?抑或是为狂暴的背景,添一抹温柔?

  有一朵小花很潇洒,很风流,亭亭在荒沙上,这彩色的生命时而面对蓝天和太阳摇曳、微笑,袒露着它的情怀,它的思想,它的欢喜,它的诗;时而凝眉沉思,仿佛一个少女等待着黄昏,等待着一片美好的憧憬。它并不感到和这背景极不和谐。我弯下腰抚摸它们,无意中发现它的根系竟如此发达,我想,正是这发达的根系支撑了这尊傲然、潇洒的形象。

  谁说大漠是僵化和凝固的象征?不,大漠是有灵性的,每一粒沙都是一个细胞,它有自身的律动。它平静时,明朗旷达;它发怒时,咆哮吼啸。它性情旷达而浮躁,雄沉而激昂。当风景到来时,大漠复活了,生命开始骚动了,那是一幅多么雄悍壮伟的景观啊！

　　看吧，那沙丘沙岭，先是发出嘶嘶的声响，仿佛生命机制被发动起来，接着又像困兽闯出厄境，睡狮走出梦乡，巨龙走出蛰期。沙涛滚滚腾起，铺天盖地，犹如庄子《逍遥游》中的大鹏，"怒而飞，其翼若垂天之云"，"扶摇而上者九万里"，"野马也，尘埃也，生物之以息相吹也"。其势磅礴，其气浩然，奔走的流沙发出凄厉的啸声，吞噬一切，蔑视一切，日月失辉，苍天变色，世界仿佛进入了浑蒙的太初。

　　当风暴停息之后，那沙海却重新塑造了自己的形象，重新获得了生命。这时，一种大宁静便汹涌澎湃地弥漫开来，意识会逐渐消融。此刻，你会听到太阳金锤敲击天庭的雄韵，甚至会听到伏羲和女娲在天庭劳作的哼唷之声。

五

　　大漠啊，我翻遍每一页沙涛，寻找不到红叶如丹的秋天，找不到勿忘我绽开蓝色微笑的春天，也找不到"红了樱桃，绿了芭蕉"的夏天。但是，掬起一捧沙砾，撷一蓬骆驼草，采一束荒漠月色，使我陶醉，使我迷恋，喊一声大漠，我心里便激情四溢，诗情澎湃。

　　大漠，最粗犷最细腻、最野蛮最文静、最暴戾最温柔、最旷达最贪婪的大漠啊！

  当风息沙静的月夜来到这寂静的沙梁上，那温柔的沙滩，恰如女人细腻滑润的肌肤，凉沁沁地诱人，温馨地撩人。你可以伸开四肢躺在沙漠的怀抱里，尽情地享受她的温存和抚爱。清夜无尘，月色如银，如此良辰，望浩浩沙梁，在月下如伏如蛰。此时犹如江上泛舟，甩去尘嚣，抛脱名利，找回澄净的心灵，乐享天然，任性自如，找回真我的时刻。

  如果是七月既望，看白苍苍的一丸明月，缓缓升上碧澄澄的天空，古人称之为"冰轮"，其实，唯有这月光给大漠带来温柔和温馨。月光是那样纯净、童贞，夜气也是那样清新、沁人。时而会听到高空洒落的雁鸣，四处寂寂无声，看到这景观，你会感到一阵阵苍凉。痛饮几杯苍凉，也许使你的思想变得雄沉，变得深邃，能感悟到许多烦嚣的灯红酒绿的场面所不能体味的人生哲理。

  这时，你可以思接千载，魂游九天，任你畅想，任你抒怀。你会想到惠特曼的诗句：

    啊，充分认识空间有多大
    一切都富裕，不受限制
    走出来和天空、太阳、月亮

和飞着的云彩合为一体

....

当然，你想到更多的是唐宋边塞诗人苍凉幽远的意境，甚至会想到道家"天地与我并生，而万物与我为一"的人生"悟境"。这里远离滔滔浊世、嚣嚣人寰，没有你争我夺、尔虞我诈，没有价值观念的你催我逼，没有名缰利锁、人际龃龉，一切欲念立刻冷却，沾在心灵上的尘埃，在这清冷和孤寂中得到清除和洗涤，恢复清醒和澄明。

六

我依然漫步在大漠里，我成了大漠孤旅。在这瀚海中漫游，穹庐之下，苍漠之上，只有我和我的影子，"前不见古人，后不见来者"，首先感到的是寂寞。这寂寞有声音吗？有重量吗？

是呀，这里的寂寞是沉重的，这里的苍凉是沉重的，这里的空旷是沉重的。苍凉上摞着寂寞，寂寞上又压着空旷，怎能不使人感到沉重呢？但是换一副眼光、换一种心态来欣赏沙漠，情绪会昂奋起来。你看那茫茫无涯的沙丘，如同沙丘的集团军，密密地排列着，一道弧线连着一道弧线，构成气势磅礴的海涛的图案。那起伏的弧线，又激荡着人们去追逐、去奋搏的雄心。

如果有一两只飞鸟，你会误认为那是海鸥在盘桓，然而那沙砾在湿度等于零的高原气候里，在阳光下闪烁着黄褐赤橙的眼睛，巨幅的肃穆，笼罩在寸草不生的黄沙上。这静穆是有形的，可吃、可拿、可动。这静穆里也好像隐藏着什么，是史前的秘密？还是瀚海的心声？你甚至可以听到大漠在热热闹闹地繁衍铜和黄金，而且不需要白衣天使护理。

至于那些沙丘们，它们自己并不感到寂寞。你看，它们搂抱得多么紧密，你箍着我的腰，我拽着你的腿，滚在一起，似乎可闻到那种追逐嬉戏的取闹声。而那些突兀的沙山却显示着庄严的沉默，面容古朴、表情淡漠，仿佛思索着宇宙和生命的玄学，阳光为它沐浴，风为它文身，一切都是哑剧，只有过路的飞鸟，还有我这沙漠的匆匆过客是它们的观众。

当你疲累了，只要躺在沙滩上，肌肤触及沙粒，你会感到犹如躺在母亲的怀抱，温暖而幸福，那是天空和大漠传导而来。风裹着大漠干燥的芬芳和粗蛮的爱，轻轻地抚摸着你那错位的灵魂，颇有那种"俯仰终宇宙"的快感。这时，你会感到你微小的身躯也融化在这无垠和浩瀚之中，化为一粒沙，在大自然面前找到了自己的位置。人呐，原来是一粒沙，一粒微不足道的沙子……

人与自然之间的任何媒介，只要有一颗能够感知真谛的心灵，就能够凝视，在静静地谛听中净化、升华，我真想永远躺在这黄沙之中，直到化为一具木乃伊。

腾格里的
另一种解读

这是世界上最辉煌的风景，
这是羌笛哀怨、春风不度的
腾格里生长出来的春天！

| 雪花睡在枝头

一

　　腾格里沙漠不属于宁夏，它的大部分面积在内蒙古自治区阿拉善左旗和甘肃的武威地区。横空出世的贺兰山以其雄浑的躯体遏止住了它东扩的欲望和野性的狂妄，留给银川平原一片绿色的安谧。但是在贺兰山和中卫山还未来得及衔接的一瞬间（这一"瞬间"凝固了，它们永远不可能衔接了），腾格里乘隙奔突东来，将一片沙滩愤怒地倾泻在黄河岸边，积高百米，向宁夏崭露出它暴躁的情绪和狰狞的头角——这就是被世人称作的"沙坡头"。

　　沙坡头如今已成为举世闻名的风景胜地。那一轮轮桀骜不驯的沙丘被聪慧的宁夏人用一米见方的"草方格"织成的巨大网络死死地罩住了。方格间栽满了耐旱的芨芨草、梭梭柴、骆驼刺和沙柳，远远看去像一片绿洲。一天，联合国的官员来到这里，惊叹道："这是人类征服沙漠的典范！"于是沙坡头便名扬四海了。

我对沙漠并不陌生，新疆的塔克拉玛干沙漠、古尔班通古特沙漠，内蒙古的巴丹吉林沙漠、毛乌素沙漠，都曾留下我趔趄的履痕。来去匆匆，岁月匆匆，也许风沙早把它们抹平了，或者说沙漠早把我忘记了，但我还记着它们。萧萧漠风曾打疼了我的脸颊，炎炎烈日曾晒爆了我的肌肤。雄浑、寥廓、旷博，沙漠里蒸腾而出的那种萧杀的苍凉悲壮气氛，至今还弥漫在我的心头。

　　苍凉是天地河汉间之大美。一部文学作品如果氤氲着苍凉的氛围，必然产生震撼人心的艺术魅力。因为悲剧最能展示生命最深刻的矛盾。中国人喜欢"大团圆"，喜欢"光明的尾巴"，但西方文学作品都重视悲剧的展示，"悲剧是生命充实的艺术"（宗白华语）。人生的悲剧，历史的悲剧，万物毁灭的悲剧，总让人感悟出生命的痛苦，体验出更深奥的哲理。钟鼓馔玉、鸣钟列鼎的富贵，金堂玉户、琼楼仙阁的奢华，威加四海、势焰熏天的狂妄，到头来都是过眼烟云，留给后人的只是一抹苍凉。谁也无能力与时间抗衡。

　　好啦，现在我已走进腾格里沙漠，穿过沙坡头绿洲再往前走，便看到腾格里铺张扬厉、恣肆汪洋的面目：满眼是浩浩荡荡的沙丘，雷同化的毫无个性的沙丘犹如大海的波浪，汹涌澎湃地拍天而去。沙涛无声，煌煌大漠是一片起伏跌宕的空旷和静寂。西斜的阳光照耀着沙海，细沙反射着阳光，刺人眼睛。天空蓝得透明，几缕若有若无的白云，像缥缈的梦幻。大漠似乎被太阳煮熟了，蒸腾着热辣辣的腥气，一种火的战栗，一种凌轹的笼罩。贾谊客居长沙时曾感慨道："天地为炉兮，造化为工；阴阳为炭兮，万物为铜。"我不知道此公在风景佳胜之地怎么发出如此感悟，如果是站在腾格里的沙丘上，此言更真切了。

4月，还不到燠热的盛夏。"4月是死亡的季节"，艾略特大概也弄错了位置，是不是把荒漠当成了"荒原"？4月的沙漠是沙尘暴最活跃的季节。我经历过沙尘暴天气，那是几年前在塔克拉玛干沙漠。人在沙尘暴里行走，轻薄得像一张纸，像一个影子，一不小心就会被卷到空中，然后被狠狠地摔到沙丘上，生命转瞬间消失。地球上有10处沙尘暴发源地，中国占有两处：一处是塔克拉玛干沙漠，一处是阿拉善的荒漠地带，也即腾格里沙漠。沙尘暴和地震、洪水、火山爆发一样，自古以来都未停止过，它是大自然万物消长的一环，是天体运作的一道程序。早在汉唐时代，沙尘暴就不断出现，边塞诗人岑参曾描述道："君不见走马川行雪海边，平沙莽莽黄入天。轮台九月风夜吼，一川碎石大如斗，随风满地石乱走。"还有陈子昂的"黄沙幕南起，白日隐西隅"，写的是河西走廊黄沙飞扬、疾风肆虐的场景。

历史上许多名城都被风沙掩埋了，罗布泊湖畔的米兰、尼雅、楼兰，早在1000多年前都化为了废墟；大夏王朝的赫连勃勃的皇都——统万城，建城500年后，就被沙尘暴吞噬了；还有繁华一时的黑城子，也早已成了沙尘暴囊中之物了。

现在风沙俱净。太阳已经西斜，沙丘沐浴在温和的阳光下，温情脉脉，那风蚀的沙纹犹如池塘里娓娓荡漾的涟漪。阳光照耀的一面，又像少女的胴体，闪烁着毛茸茸的红光，一种热烈的青春的象征。这时，我想起青海已故诗人昌耀的诗句："黄沙丘，亮似黄昏。"

沙坡头紧逼着黄河，如果不是人工植草种树固定了一座座沙丘，怕是黄河也要改道了。据说沙尘暴频频发生，每一场沙尘暴都给生命带来巨大的灾难。是沙坡头这片小小绿洲保护了包兰铁路，使其几十年如一日地穿越腾格里沙漠未遭厄运。但是人类在大沙漠面前毕竟是渺小而懦弱的，沙漠每年仍然以十几米的速度向黄河逼近。

"大漠孤烟直，长河落日圆。"眼前没有大漠孤烟，却有黄河落日圆的景观。

漠风轻拂，落日像燃烧殆尽的火球，火苗发出噼噼啪啪的声响，火星四溅，半个天空都灼红了。那一轮橘红的落日在掬水可以铸金的黄河波涛里沉沉浮浮，把一川风涛也烧沸了，浪花里迸溅着火星。天地苍茫，万籁俱寂，只有这苍凉的落日和古老的黄河弹奏一曲悲壮的乐章。

二

　　腾格里，蒙古语的意思是天。走进腾格里沙漠，我只感到语言的苍白、贫乏。语言是难以沟通人与自然情感的。这大漠的空旷和寂寥、凝重和静默，你很难用语言表达的。沙漠不是死亡之海，早晨，你会听到太阳抖落一身沙尘、艰难升起的步履声；月夜，你可以听到月亮钻出沙海的沙沙声。沙洼间，沙丘与沙丘间的平地上，仍有耐旱的芨芨草、骆驼刺、梭梭柴之类的生命，坚韧而顽强地生长着，该开花时开花，该结籽时结籽，它们仍然用生命注释着春夏秋冬的更迭，记录着岁月匆匆的脚步。

　　有一天，我在沙漠里看到一棵马莲草，我被它惊心动魄的生命震呆了：它孤独地耸立在一个小小的沙墩上。绿剑般的叶子倔强地抖擞着，愤怒地直指苍穹，展示着生命的高傲和放达。它下部的沙丘被风蚀去，暴露出庞大的根系，绛紫色，像憋青的脸，竭尽全力地支撑着苦难，支撑着一棵不屈的生命。那扭曲变形的根须，纵横交错，绵亘迂回，使我想起了东山魁夷那幅名画《根》，想起了罗丹的雕塑《三个影子》，想起了但丁，想起了孤苦伶仃的苏武。

　　走近它，我肃然起敬，我觉得它不是一棵草，而是一尊神,是一尊生命的力神和战神。晨风吹来,那坚硬的叶子发出金属般的铮铮钋钋的响声。

我站在马莲草身边,心里涌动着酸涩和悲苦,我情不自禁地弯下身向它鞠躬,马莲草啊,"我不是向你膜拜,我是向人类的一切痛苦膜拜!"(陀思妥耶夫斯基语)

这些年来我在西部跋涉奔波,我情感的河流里,总翻卷着凄苦的旋涡:这里的山,这里的树和草,这里的人和牲畜,从他(它)们的身上我感到生命的苦难和世界末日的苍凉,也使我更多地感悟到生命的崇高,爱的崇高。

我想起塔克拉玛干沙漠那片原始的胡杨林,那粗大高峻的树木大多数都已干枯死亡,枝丫断裂,露出白生生的"骨骼",脚下是乱七八糟的"残臂断肢";有的只剩下半截树桩,——如果你俯下身仔细察看树桩的横断面,会惊异地发现:那浅色的年轮构成畸形的图案,忠实地记录着它的争斗、痛苦、疾病、炼狱般的苦难、艰辛的挣扎,还有幸福和繁荣……树是很聪明的,知道没有人记载它的历史,便悄悄地用年轮将生命的每一个细节都写进它的自传。而今这些树木有的已枯死了数百年,甚至上千年,但它们依然一动不动地挺立在沙漠里,像倾圮的神庙,像一场厮杀搏击后的古战场。这风景太悲壮太苍凉了。看到它,你会感到语言有时是人类最愚蠢的表达方式,人与大自然的对话,不能靠语言,最不可信任的就是这些无生命的符号。

传说，塔克拉玛干的胡杨树，1000年不死，死后1000年不倒，倒下1000年不朽。只要有一条根，就拼命地扎进大漠深处，吮吸苦涩的水分，支撑着不死的枝丫，绽出一片片嫩黄的绿叶。圆圆的薄薄的叶子像粘在树枝上似的，但是那是生命的信念、绿色的宣言。看到它们使人想到古希腊神话中的酒神狄俄尼索斯的出生、爱情、冒险、死亡的悲剧。

那天，我和一棵胡杨树做了一场感情的交流。

我：你为什么生长在这死亡之海？

树：这是命运。命运注定我生存在这里。我父母年轻时，这里有河流，后来河流经不起风沙的袭击，逃亡了，只留下我们这些树。前面那棵是我父亲，后面那棵是我母亲，周围那些都是我的亲戚，我们原是一个很兴旺的家族。我父母都死了，只留下光秃秃的风干的躯体。我父母在世时生得高大健美，风流潇洒，不瞒你说，他们是树中的美男靓女……我们不能像你们人类随便可以迁徙——不是批评你们，那是人类对土地的不忠，对祖先的背叛。

我：这大漠里，夏天烈日炎炎，冬天风雪酷寒，即使春和秋也是沙尘暴肆虐的时节；这里没有蝴蝶的爱恋，没有鸟儿的歌声，你们不感到寂苦吗？

树：这一切我们都习惯了。苦难、寂寞，我们不怕，我父母在世时告诉我：受苦受难是一种伟大的创举，它可以净化灵魂，在苦难中获得新生。没有我们，沙漠就真正成了死亡之海。我的父母、我们的家族都有过辉煌的历史。我的祖先就看见过班超和他的将士，也看见过来往西域的商贾，他们的驼队还在我们身边歇息过，晚上点燃篝火，围绕着我的祖先唱歌跳舞，度过一个个寒冷的大漠之夜。我小时候还看见过成吉思汗的马队呢，成吉思汗，你知道吗？他率领大军西征，就是从这里经过……实际上我们树的历史就是你们人类的历史。元朝有个诗人名叫马祖常，他写过一首诗："波斯老贾度流沙，夜听驼铃识路赊。采玉河边青石子，收来东国易桑麻。"那时候，我们前面那条路上可繁忙呢，驼队、马帮，还有僧侣、征人，来来往往……如今路也被风沙淹没了，人影也不见了（老树伤心地叹了口气）。唉，我的日子也不多了，只要我还能绽出一片绿叶，我都要同风沙搏斗，坚守这里，守望着我们的家园。

…………

我离开塔克拉玛干沙漠时，和胡杨林拍了好几张合影，悲壮的胡杨林永恒地留在我的记忆里。

去年春天，我在河西走廊采访，那是行驶在武威荒凉的大山沟壑中。那山呈铁锈色，没有树，没有草，枯焦、干瘦，那山是一个死亡的躯壳。汽车穿行在沟壑间，山谷里有一条河流，早已干枯，河岸上只留下刀刻般的水纹线，醒着一缕河水的记忆。河畔有一方平整的土地，一个小村庄坐落在那里。我们看到的这村庄，已经成为一片年轻的废墟。武威的朋友说，人都迁走了，属于生态迁徙。村舍全是没有房顶的土墙方阵，土筑的院落，空荡荡的，弥漫着一片死亡的气息。当我的目光扫描一阵，却发现有两间土屋，门窗俱在。屋后有一棵白杨树，高高地、孤零零地站在那里。我们跳下车，奔向那间土屋。令我们大为震惊的是，从土屋里竟走出一个老汉。他头发花白，目光浑浊，吃力地打量着我们，一言不发。问起来才知道，前几年集体搬迁，他死也不愿离开这里，儿子、媳妇、孙子都走了，这两间土屋还有这个村庄只剩下他一个人了。他守着这村庄，守着这棵树，还有他放牧的一群瘦弱的羊——这简直是一个古老的童话。我问老人怎么吃饭，老人说，每隔半月20天，他儿子就开着车给他送些干粮、面粉、水和蔬菜。他说，他和这山这河都有着血缘关系。小时候，山上有草，河里有鱼，夏天在河里抓过鱼，冬天在河上滑过冰，现在河干了，草死了，山也死了……他眼睛里蕴含着悲怆，脸上是一片木然。老人又说，村里人都走了，我不走。他指着对面山坡说，那里有他的爷爷奶奶、爹和娘的坟——其实很难看得清，那坟堆和大山融在一起了。这土地是他们家族生活过的地方，有他的根，有他的神。

我倾听着老人的叙述，虽然方言味很浓，断断续续，语句不连贯，但我感到有一种震撼灵魂的力量。这是人类最高贵的精神，人类就是凭着这种精神而生存。爱的力量比死亡更勇武百倍。

后来的事情，武威的朋友告诉我，那老人在去年冬天死了，是一个风雪天，老人为寻找一只走失的羊，从山上摔下来，死了。他儿子半个月后才找到他的尸首，用屋后那棵树做了一口棺材，把老人安葬在"祖坟"上——从此，这个村庄从地球上真正地消失了。老人用他的生命为这个村庄画下了一个令人伤感的句号。这消息，使我心情沉重，其实我和那位老人只有一面之交，姓甚名谁都不知道，但一个巨大的命题却始终盘绕在我的脑海：人啊，你究竟是什么？

现在让我们再回到腾格里沙漠，回到马莲草身边。马莲草绽蕾了，开花了，倔强地挺立着，蓝得纯净，蓝得深沉，像天空，像海，在这荒凉和寂寞里，默默地生存，默默地繁衍。这小小的花朵里，这纤弱的枝茎里，蕴藏着多少世俗的、冷漠的、庸浅的眼光无法诠释的生命的意志和力量啊！

我心里萌发出一个伟大的主题：双手举起相机，颤抖着手指按下瞬间和永恒——这是世界上最辉煌的风景，这是羌笛哀怨、春风不度的腾格里生长出来的春天！感谢马莲草，感谢沙漠，感谢阳光，感谢风，感谢天地日月之精华，共同打造了生命的神圣和庄严，为人类的精神世界展示了一个全新的经典！

我们生活在富裕的城市和肥腴的土地上，心灵却那么浮躁、迷乱，灵魂那样荒芜和苍白。欲望之火已把城市烧成灰烬，已使我们的日子长满霉菌；我们的生活已被看不见的竞争的魔爪撕得支离破碎，鲜血淋漓。

4月的阳光照耀着腾格里空旷的大漠，没有风，腾格里是一片苦涩的静默。这时，我感到彻骨的孤独，一种被遗弃的感怀，涌上心头，我的心酸酸的，只想掉泪。

三

腾格里沙漠虽然已有火车通过，现代化的交通工具并没有彻底淘汰古老的沙漠之舟——骆驼。它们依然默默无闻、步履稳健、心无旁骛地跋涉在茫茫的风沙线上，高昂着头，微眯着眼，将信念和毅力，忠贞地写满重重叠叠的沙丘。

那是一个晨光初露的早晨，我漫步在沙丘间，大漠在粉红的霞光里变得温柔、迷人。沙质极为细腻，鎏上一层薄薄的霞光，犹如铜浇金铸般的高贵典雅。天空由黛蓝色变成瓦蓝，蓝晶晶的天，透明的空气，鲜丽的朝霞，使人感到大漠并不荒凉，沙丘波涛起伏，犹如奏响一曲无声的滂滂沛沛的乐章。

就在这时,我隐隐听到一声声驼铃——叮咚叮咚,从大漠深处传来,犹如深山里的泉韵,有一种寺院晨钟梵音般的庄严。

千里驼铃动朔方。我想起了古人的诗句。久违了,大漠的骆驼。

骆驼是大漠一页鲜活的历史,这些古丝绸之路的拓荒者的后裔们依然穿梭在这风沙线上。看见它们总想起古代和中世纪那波斯老贾或是汉唐的商人,赶着驼队,满载着玻璃、胡麻、苜蓿、葡萄干、绿豆、宝石……以及丝绸、茶叶、陶瓷、铁器……长长的驼队跋涉在戈壁旷漠,缰绳连着缰绳,驼铃声伴着驼铃声,像一曲雄浑而又悲壮的慢板,奏响在风路浩浩、沙路浩浩的天地间。炎炎烈日,萧萧风沙,骆驼和拉驼人已饥渴难忍,但他(它)们依然艰难地行进。骆驼高昂着头,微眯着眼,目光蕴含着信念,步履稳健,不急不躁,那种坚韧和毅力,那种雍容大度和充满自信力,使你会感到一种敬畏。这些伟大的独行者在传播着友谊和文化。一条古丝绸之路编织了几千年人间动人的故事和史诗。

诗人们把骆驼比作放逐者,放逐者自有放逐者的旷达,它们绝不屈就强加的忧患,更藐视令人窒息的浮华。这古老而荒凉的沙漠,留下它们深深的蹄窝,那是先哲的诗行,是特立独行伟大秉性的传记。

太阳湮灭在大漠中了。大漠的幽静，落日的余晖映照在沙丘上，犹如灵柩前熊熊燃烧的火烛。天地间寂然如梦。

孤独的驼队和孤独的商贾就地露宿。骆驼围成一座驼城，拉驼人就依偎在骆驼温暖的怀抱里，喝上几口烧酒，吃上几块干巴的馕，便对着初升的新月，弹奏一支曲子，那凄清的胡琴的旋律，像神曲一样在月色里飞翔，像幽魂一样在大漠里游荡。

腾格里沙漠是古丝绸之路必经之路。从咸阳出发的商贾驼队就是沿着萧关道，经灵武，过中卫，进入腾格里，然后到达古凉州，再沿着河西走廊跋涉而去。我曾访过一位驼人的后代，他说他的先人就是"骆驼客"，赶着六七十匹到上百匹骆驼，最远到达过现在的阿富汗、伊拉克，往来一趟八九个月到一年。

他说，骆驼是天生受苦受难的角色，常常几天吃不上草，喝不上水。忍饥受寒，满载重负，却无怨无悔。骆驼食量大，一口气能吃六七十斤草，饮好几桶水。骆驼的食物都很粗糙，沙棘、梭梭、骆驼刺，很坚硬的枝叶，枝条上还长满圪针，它用舌头一裹，全进了坚强的胃。

他说，骆驼最通人性，温厚笃实，对孩子妇女都不欺生，只要缰绳往下一抖,它那高大的身躯就很驯从地卧倒在地,让你骑在它的双峰间。风一程,沙一程,它会把你安安全全送到目的地。骆驼的记忆力很强,凡是它经过的地方,它能记住哪里有草,哪里有水,哪里适合拉驼人休息。它的嗅觉非常灵敏,能闻到几千米外的水草味。过去"骆驼客"骑上头驼,把后面的骆驼用缰绳连在一起,你尽可背依驼峰打瞌睡,凭着节奏舒缓的驼铃声,你可以放心地让骆驼们走下去。

他说,现在虽然有了飞机、火车、汽车,有了高速公路,现代化交通工具很发达,但大沙漠里仍然离不开骆驼。这古老的牲口,伴随着人类走过了几千年的历程,只要沙漠存在,它们仍然伴随着人们继续走下去。

听罢年轻人的讲述,我对骆驼肃然起敬,骆驼被世俗称之为"四不像",其实正是它集中了许多动物的优点,才适应这艰危的生存环境和苦难而粗糙的岁月。它的脸型像猴,耳朵像牛,脊梁像龙,嘴巴像兔,大腿像鸡,鼻子像狗……几乎囊括十二属相。

我想起元代诗人马祖常的诗句:

贺兰山下河西地,女郎十八梳高髻。
茜根染衣光如霞,却召瞿昙作夫婿。
紫驼载锦凉州西,换得黄金铸马蹄。

| 雪花睡在枝头

沙羊冰脂蜜脾白，个中饮酒声澌澌。

　　诗中的河西，就是指黄河以西地区，也就是今日的银川平原。沙羊，就是沙漠中的羊只，今称滩羊，宁夏五宝之一——滩羊皮，就出产于此。这首诗画出一幅宁夏一带浓郁的风俗画。那时，宁夏有招赘僧侣做丈夫的风俗，也反映出元代西域与中原的经济贸易状况。

　　马祖常还有诗句"橐驼驯象奴子骑"，橐驼即骆驼，那意思是说连小孩也可以骑。

　　马祖常曾在灵州一带生活过，对宁夏的风物地理十分熟悉，也对北国风光格外迷恋。他另一首著名诗篇《河湟书事二首》（其二），更生动地描写了古丝绸之路上的拉骆驼的商贾跋涉大漠的形象："波斯老贾度流沙，夜听驼铃识路赊。采玉河边青石子，收来东国易桑麻。"

　　叮咚叮咚，远处的驼铃声更清晰了，也更动人了。一队浩浩荡荡的骆驼，首尾相衔，出现了一种古典诗词的意境，使人振奋，又让人悲凉。这时，太阳已高高升起，朝霞鲜丽得像一幅水彩画，阳光温柔的光芒照耀着辽阔空旷的大漠。重重叠叠的沙丘，波涛翻腾，无边无际。沙漠之舟，多么生动形象的比喻。一叶驼舟，迎着风涛沙浪，行驶在漠漠天地之间。那声声驼铃，犹如贝多芬的《命运交响曲》，悲怆雄浑的乐章演绎着人类命运的蹇涩和苦难。

叮咚叮咚,古丝绸之路的驼铃凋零了,后来的骆驼仍然记住了它们的道路。

新安江，在春天的形式里

新安江是一部敞开的书，她深邃博奥，但又字句流畅、通俗易懂，就像哲理。

雪花睡在枝头

一

我又来到新安江。

其实我去年春上来皖南路过新安江，只打了个照面，没留下什么印象。而现在我是专门来拜访新安江的。

新安江在江南并非名江，她是一条很清丽、很雅静的江，肤泽光滑，腰肢舒缓有韵，眉眼含情，女人味很足，或者说是很性感的江。她怯怯地、羞羞地流过城市和乡村，穿过山野和平原，默默地流淌，既不放浪，也不张狂，娴静、幽雅、安逸。新安江的下游就是郁达夫赞美的富春江，再下去就是大名鼎鼎的钱塘江了。

新安江山水神奇瑰丽，两岸是黛色的峭壁，森森林木，苍苍郁郁映进碧波。水面常年氤氲着薄薄的水雾，像少妇脸庞上淡淡的哀愁，又像梦一样的扑朔迷离，谁也难猜透她的心事。迷蒙的烟雨来了，那是渲染江南最好的语言，船也像游在梦一样迷离的水墨画中。弯弯的江道，袅袅的舟楫，新月式的拱桥，粉墙黛瓦的民居，古樟，青石板叠砌的岸……堤岸上的人家，行走的男人、女人、老人和孩子，全富有诗意，全是画中的人物。

春来江水绿如蓝。绿，铺天盖地，肆无忌惮地泛滥着，淹没了每片土地。每一棵树，每一株草，每一枝野花，都积极热情，不遗余力地把生命推向峰巅，发芽、抽叶、开花，一丝不苟地展示生命的内涵、价值和意义。

一个小姑娘采了一束野花，在岸边跑着。她举起花朵，阳光下，她的小脸儿被花映得红扑扑的。那是生命进入了一种境界，向你展示着青春、激情，以及生命的饱满和力的汹涌。那花还带着朝露，鲜艳欲滴。小姑娘咯咯地笑着、跑着。新安江碧波里出现两朵花，一样娇美，一样艳丽。

在岸边，我看见一位老人正在剪修一棵花木，那花木我叫不上名字，但枝繁叶茂，生机盎然。老人手中的钢剪快活地刻画着，咔嚓咔嚓地响着，花木下面落了一地残枝断叶。他像打扮盆景似的打理行道树，咔嚓咔嚓的剪刀声使花木失去个性，变成印刷品般的雷同，精致而缺乏韵味。我却仿佛听见被剪掉的枝叶在哭泣、诉说："你们人类太自私了，太残忍了，你们的行动征求我们的意见了吗？我们同意了吗？"

我对那老人油然生出一分怨怼，你怎么能随便剥夺一部分生命呢？难道为了一部分生命的风流潇洒，就必须牺牲

| 雪花睡在枝头

另一些生命吗？或者为获得人为的美就应付出许多生命的代价？而且死在花的季节，诗的岁月。美，就这么残酷吗？老人手中的钢剪时停时动，他左瞅瞅右看看，端详一阵又动起剪刀来。他完成了一道中国最古老的哲学命题：得与舍。那花木是按照老人的哲学生长着，难道会结出一个牛顿或爱因斯坦来？岸边是一排排不算年轻的樟树，它们端庄、飒爽，如仪地排列着，给东去的流水施以注目礼。倘若你仔细端详，那站立的姿势高贵优雅、彬彬有礼，像才华横溢、知识渊博，又谦谦然、恂恂然的学者，看一眼，敬意就会油然而生。现在正是它们施展才情的大好时机。春天给一切生命带来丰富的发展时间和空间，是走向成熟、臻于自我完善的最佳时机。

  我呆呆地望着岸边的树，树有欢乐和忧伤吗？

  我想起黑塞的话，他对树观察得真细，好像他本身就是一棵树。他说："当一棵树被锯倒并把它的赤裸裸的致死的伤口暴露在阳光下时，你就可以在它的墓碑上，在它的树桩的浅色圆截面上读到它完整的历史。在年轮和各种畸形上，忠实地记录了所有的争斗，所有的苦痛，所有的疾病，所有的幸福和繁荣，瘦削的年头，茂盛的岁月，经受过的打击，被挺过去的风暴。"树是很聪明的家伙，别看它不言不语，木木讷讷，但它很有心计，它悄悄地用年轮写下它的自传，不管是辉煌的还是屈辱的，它都一丝不苟地记录下来。

我想，那树也说不定捎带着记录了几笔新安江的历史。水，是无心计的东西，流去就流去了，逝者如斯，转瞬即逝。只有岸边的树给它保鲜历史：哪年闹洪灾了，谁家的房舍被冲塌了；哪年有只木船翻了，沉入了江底……

夕阳向晚了，新安江的流水变黯了，山遮住了夕阳。沉重的山影压得江水发出痛苦的呻吟，浪花强忍着、叹息着向岸诉说着什么。

二

从新安画派画展大厅里出来，我沿着麻石铺设的堤岸，漫无目的地走着。我觉得新安画派看不见、摸不着，她像小精灵似的活跃在江两岸，活跃在这山野里、树林里、江水边。不管诗坛、画坛或文坛，形成一个流派者都说明一个地域文化的丰厚积累，是这方物候、山水、风俗、环境所培育的果实。明末清初的新安画派就有渐江、程正揆、戴本孝、吴山涛等大师，近代黄宾虹则是新安画派的集大成者，把新安画派艺术水平推到一个极致。

、新安画派的艺术特色是什么？我问一位青年画师，他正在埋头作画，激情在宣纸上撒野，时而像乌云一样磅礴着，时而像一缕炊烟飘逸逶迤。他慢慢抬起头，那长发油光发亮，散发着一种浓烈的艺术家的气息,他眼神有些迷茫地望着我,"啊啊"了半天,也没说出个子丑寅卯来。

艺术风格、艺术流派很难用教科书上的语言表达出来,说某某是什么流派,其实那是他人的看法,画家或诗人作家本人是不承认的,也是不好回答的。艺术是有个性的,就像一个地域的人不会有一种个性,即使一个"流派"也有千姿百态的差异。但艺术都有渗透性、融洽性,相互借鉴和影响,百分之百的独创是不存在的。

浓浓的诗情画意尽在山水之中。山水之青苍幽邃,山气之沁人肺腑,山意之静谧悠远,水色之清澈晶莹,千叠翠岚,万重云雾,清流茅舍,奇峰险崖,秋枫霜松错落有致,无边风月在画家的笔下化为一个诗意的栖居。"搜尽奇峰打草稿"是新安画派之精神。在新安画派的山水画中,表现出雄浑、苍茫、烟润、厚重、饱满,铸就生动的气韵和气势。你看画家笔下,深幽林壑,老树古刹,瀑布飞流,残月如钩,烟雨蒙蒙,都无浮躁之气,或清爽隽秀,或雄健深沉,或鲜明净洁,或水墨潆然。画风追求清逸简淡,意境崇高、幽远、冷峻,一种独特的审美意蕴扑面而来。

我访问一位老画家,他侃侃而谈:新安画派绘画技法崇尚元四家,推倪瓒为宗师,绘画中渗透了画家对人生对社会独特的思考,寄情山水,达意林泉。新安大好山水为当地画家提供了很好的范本，更是他们从中吸取创作灵感的源泉。他说："新安画派的奠基者是明代休宁人丁瓒、丁云鹏父子及歙县人李流芳等。他们运用自己的智慧和想象，借独特的中国画的空间结构，展示他们人格的追求，以及精神和灵魂的寄托——这也是中国画的精粹和核心。"

中国文人爱山水，好像自古至今不衰，不得志的读书人，以啸傲山水、放浪江湖，抒发对现实的不满，宣泄胸中块垒；也有不少官员，真真假假地身在魏阙，心在泉林，吟诗弄词，涂山抹水，附庸风雅，以示"志存高远"的情操，老了又厌腻了官场的龌龊，便退居山野，徜徉丘壑，清风明月，烟村雾树，发几声人生感悟，以炫耀远离红尘的潇洒。

古往今来，人们欣赏自然美的动机、视角都不一样。哲学家休谟欣赏田野的美，心态和农场主不一样；车尔尼雪夫斯基欣赏田野的美，则怀着农妇一样的心情；普希金走进圣彼得堡秋天的白桦林，那完全是贵族诗人的审美视角，而屠格涅夫欣赏草原之美，又带有人文主义的感伤……

中国人对山水的审美远早于西方，早在东晋、南朝时期，陶渊明、谢灵运就成了山水诗大师，"中间小谢又清发"，一大帮文人把目光从肮脏的官场，从混浊的尘世转移到洁净纯真的大自然。南北朝的宗炳就写了《画山水序》，是专论山水画的美学论文。

而西方艺术家真正领略大自然之美，把油彩涂抹在山林是在文艺复兴后期。而文人则更晚了，到了19世纪，他们厌恶了资本主义的欺诈，金钱交易的肮脏，厌腻了现代文明的喧嚣和芜杂，慢慢走向大自然，寻觅诗意的栖居……

天气很好，这是江南4月少见的晴朗天气。太阳妩媚而明亮，山野有袅袅蜃气，天空游弋着三两片薄得透明的云彩，白净得让人心疼，悠悠飘过，不留一丝痕迹。风柔和得像婴儿的肌肤。在这样的季节里，万物都按着自然的法则，忙着交媾，忙着怀孕，忙着分娩，忙着繁衍。

说真的，我看了新安画派的画展，并未领略那些艺术家们的匠心独运、风格殊异的特色，我是一个画盲。文学是什么？艺术是什么？这是极其复杂的精神层面上的东西。我感到惊奇的是：中国画如此神奇，画家信凭着一管狼毫、羊毫、兔毫，一砚墨汁，泼泼洒洒，涂涂抹抹，便出现千姿百态的画卷，山、水、林、鸟、兽、人……皴擦点染，勾勒纵横，那么神似、形似，把大自然缩小定格在尺寸之间，这真是艺术的奇妙。我不知艺术的真谛是什么，是寻美者的葬身之地，还是幸福的天堂？

你可以一眼看透合肥，看透安庆，你却看不透徽州，看不透新安江。

徽州是不可理解的。新安江是神秘的。

粉墙黛瓦，马头墙，高高的牌坊，窄窄的小巷，精细的石雕、砖雕、木雕，还有阴暗的天空，灰蒙蒙的细雨，陌生、神秘、神奇，我深深感到徽州是一眼望不到底的。她的博大、幽深、伤感、忧郁、苍凉、凄楚、典雅、隐忍……都有很深的文化底蕴。犹如古井，井旁还有百年老藤，墙有苔藓。徽州像性情古倔、孤独、阴郁的老人，衰老和衰败，使人感到像明清时代的人穿上今天时髦的衣裳，如梦如幻。

任何文化艺术都是地域的产物，山野河流是它们的载体，一旦失去这些载体，文化艺术之花也就凋零、枯萎了。新安江依然在，青山绿水依旧是，尽管我不时看到残垣断壁、荒草冷月，我看到人们没有现代生活急弦嘈嘈的节奏，倒有大珠小珠落玉盘的清润，好像一切都很幽闭、静逸、淡漠。进一步探究，徽州精神相对低微，一直没有突破，没有先锋行为，细腻中暗藏着小气，谦恭中蕴含着卑微，幽深中又有促狭……

但艺术家、文人骚客却趋之若鹜，在这里挥毫泼墨，临摹山水，挥洒激情，燃烧灵感。从唐到宋，从明到清、到现代，新安江吸引了不知多少书画家，他们艺术天才的光芒在这里得到迸射、喷发，成就了一批批大师。

晚上，我坐在新安江岸边，脚下流水浅吟低唱，汩汩潺潺，凉意料峭。4月的夜晚，明月高悬，一川碎银，涌涌溅溅，再加上临江人家的灯火、岸边广告牌的霓虹灯光，满江红光斑斓，闪闪烁烁，像徽商豪富，浑身珠光宝气。从山野上吹来的风健朗端庄，它认真地抚摸岸上的花木，亲吻万物，一种温馨，几度爱抚。我身后是一座古宅，雕梁画栋已不再，但油漆剥落处，仍见历史的沧桑；笙歌弦舞已不再，但灯火辉煌依旧是；上马石、拴马桩依旧在，但昔日的奢华和威严已烟消云散；门前的石狮子已经苍老，但雄威不减当年。瓦楞间的檐草种子是明清时撒落的，春来依旧绿意葱葱。

这些古建筑、古民居，明月清风曾抚摸过它们，冷雨清霜也曾折磨过它们。它们安详、平静，是青石和青砖垒砌起来的，它们结构严谨，显示内部的团结，这是生命存在的形式。它们的生存和抗争，是同时间和命运的抗争，是对自然和历史的一种挑战和超越。

三

在徽州那些日子，我几乎每天都在新安江畔行走，好像翻阅一部古书，阅读新安江的夕阳，阅读新安江的晨雾，阅读新安江的月夜。

从皖南的绩溪到浙江的千岛湖、富春江，几百里的流程，她吸纳了多少幽谷兰露、山川灵气。深碧而明澈的流水，荇藻摇曳，细鳞可数。远山朦胧，近山峥嵘，新安江被两岸的青山挤得瘦瘦的，山重水复，一弯一处胜景，一处胜景，一弯桃花流水。山重重，水复复，梦一样迷离，诗一样迷人。

新安江平静缄默，有点伤感，有点忧郁，还有点怨艾。静能致远，静能产生思想。思想是什么呢？有形状吗？有质量吗？有色彩吗？思想与思想之间为什么会产生差异？人为什么会生活在二元对立的状态？

但思想又像江河，它必须不断地吸纳千溪百川；一个大思想家不仅仅要有思维的广度，更要有思想的深度，思路清晰、清澈、晶莹。

你看新安江是多么深邃、清澈啊！

"借问新安江，见底何如此。"她的清澈和晶莹，连李白这样放浪江湖、一生好作名山游的诗仙都震惊得目瞪口呆，半天才惊问："你为何如此清澈？"使人生出不忍对她有半点玷污的想法，甚至不敢到水中游泳，只能在岸边徘徊、观赏，只有静心屏气，才能领略她的内涵、她的深邃、她的清澈透明。

清澈是一种境界，清澈是精神圣洁的一种外在表现，它和崇高、神圣、高蹈、卓越有近似之处，至少存在着一种血缘关系。它的对立面应该是混浊、龌龊、肮脏、庸俗。你看阳光在上面跳跃的光影、光斑、光环，形成一种幻影。那是对红尘滚滚、滔滔浊世表现出的一种冷漠的反叛。

我想，李白喜欢新安江，真正是爱到骨髓里去了。

新安江，多么美丽的名字！

新安江是一部敞开的书，她深邃博奥，但又字句流畅，通俗易懂，就像哲理。哲理一旦成为哲理，那就是人人明白的东西。譬如，两千多年前孔子漫不经心地说了一句"逝者如斯夫"，这就是哲理，简单得不能再简单，一切都像流水一样一去不复返，生活不是这样吗？孔子说了很多富有哲理的话，所以世人称他为至圣。还有我们的祖先用两条日夜流转的黑白鱼来形容万物流变，生生息息，阴阳变幻，那才是大智慧、大哲理。宇宙间万事万物不就像那两只小鱼在日夜流转吗？这是东方哲学家的睿智。

新安江既深奥，又浅显，悬崖是她的符咒，漩涡是她的秘语，浪花是她的歌吟，江湾是她的起承转合，江流便是她的底气内蕴，她解密着一部地域文化史，也创造着许多历史与现实的鲜活情节和细节……新安江像一卷蕴含古人性情的好文章，处处弥漫着一种文气、雅气、书香才子气。

不，新安江本身就是一种文体，两岸的山林田园就是她的语言。

新安江接纳了许多溪流，每条溪流无论多么细小孱弱，都包孕了天地之灵气，日月之精华。沿着新安江行走，你会看到皖南如涛如浪、逶迤跌宕的群山，山里有峡谷，谷里有村庄，山顶覆盖着森林，山坡上有茂茂腾腾的茶园，山坡下是金灿灿的油菜花，整个春天就像闹元宵节似的热烈、喧嚣。

江上有风，风吹浪起，舟楫破浪而行，机帆船的马达声撕破了山谷的宁静，船娘的歌谣袅袅地回荡在江面上，又洒落在两岸的森林和山野里……静与动，山与水，无声与韵律，贫穷和富有，雄奇和跌宕，恰到好处地构成一种和谐和平衡。

我站在江边上想，如果偌大的地域没有江河，那土地该是多么单调乏味，还有什么生命的灵性和睿智呢？那样，历史会缺乏深度，生活会缺乏厚度，命运会因缺乏跌宕而失去美感。

四

这里是朱熹思想的源头。朱熹的祖籍是徽州婺源，南宋淳熙三年（1176年）二月，他率族人回故乡讲学，亲手栽下象征"二十四孝"的24棵杉树苗，呈八卦形。朱熹高扬的是"存天理，灭人欲"的大旗，使之成为南宋的正统思想，并且一直影响到明清。朱熹宣扬的这种"犬儒主义"恰好中统治者的下怀。朱熹一生3次来徽州讲学，每次数月，他思想的种子撒遍故乡的山山水水、村村寨寨，以至几百年来徽州这片土地弥漫着程朱理学的氛围，一种残酷的非人性的道德紧紧束缚着一个个生机勃勃的灵魂。新安江畔，徽州山野，到处是纪念为传统礼教殉身的"贞妇烈妇""孝子贤孙"牌坊、碑碣，并成为后人人生的路标。当一种思想变得狂热而执着，那么真理就悄悄远行了。

徽州人精神中有极强的犬儒主义成分，对世故的圆融，自我压抑，是精神的萎缩、灵魂的卑微、生命的幽闭。这种地域文化按照它的遗传基因只能培育出一代代标准的良民，绝不会培育出杀人越货的强盗、揭竿而起的绿林好汉。所以胡雪岩驰骋商海，富甲天下，为大清王朝即将倾覆的大厦，竭尽股肱之力，目的就是换得一顶红缨顶子，最后又成为封建官僚机器倾轧的牺牲品。这固然是他的生命悲剧，但更深的原因是源于地域文化。

一个人，过于拘谨，过于谦卑，过于温良恭俭让，决不会造就出健硕的体魄和雄气磅礴、敢作敢为的品格；老于人情世故，过分圆融，这个人就会平庸，就会缺乏棱角，失去率真，失去粗犷、正直、浑朴和野趣，也就失去了创造力和开拓意识。

但人类的思想像闪电，只有乌云磅礴时发生相撞，才能璀璨、辉煌。600年过后，也是新安江畔休宁县又出了一位声震18世纪的大思想家——戴震。戴震和他的前辈朱熹大唱反调，高声疾呼：程朱理学是"杀人的刽子手"！主张天理和人欲并非矛盾，既存天理，更要人欲，人的物质需要和社会道德不能分开。情理之和谐即宇宙之和谐，一个和谐的宇宙是美好的宇宙。戴震的思想的确给18世纪凝固的思想界带来一场房倒屋塌的地震！

尖锐的冲突，锋芒相对的分歧，使统治了几百年的程朱理学发生嘎巴嘎巴的断裂声。18世纪人文主义的曙光撕破了僵死的程朱理学的阴霾，这是人性之光，这是启蒙之光。你看戴震纪念馆里那尊青铜塑像，双目炯炯，目光洞穿历史苍茫的时空，透露出理性批判主义的思想光芒，这是启蒙主义的光芒。

戴震出身贫寒，一生颠沛奔波于大江南北，讲学著述，50岁时经纪晓岚推荐入"四库全书馆"校理古籍。他精于考据、训诂，在天文、数学、物理、地志、经籍考析等领域都有很高的学术造诣。尤其可贵的是，他不断探索"古今治乱之源"，以思想家大无畏的勇气，严厉审视统治者僵化的官方理学，尖锐地批判"后儒以理杀人"，提出了"体民之情，遂民之欲""舍名分而论是非"的哲学思想，这是思想解放的春雷，是中国人文主义哲学的伟大日出，被历史学家和哲学家称为"八百年来中国思想界一大革命""发二千年所未发"。

戴震与朱熹思想的交锋，无疑是一种时代的进步。18世纪西方世界已完成了文艺复兴的伟大革命，一个热气腾腾的工业革命在欧洲诸国蓬勃兴起。蒸汽机的发明，法国大革命的爆发，攻陷巴士底狱，释放政治犯，发表《人权宣言》，把路易十六送上断头台，资产阶级革命胜利的欢呼声震撼欧洲……

而东方这片古老大陆还在僵死的程朱理学的禁锢中，封建专制达到空前的成熟，乾隆皇帝自称天朝上国，陶醉在"盛世"的繁荣里……殊不知在遥远的大海大洋那边，铁甲舰船早已拔锚起航，向着东亚大陆气势汹汹驶来，滚滚的浓烟撕破海空的湛蓝……

然而戴震的思想革命并未得到官方认可，他哲学思想的光芒，很快被磅礴的封建纲常和礼教的乌云遮住了。直到龚自珍喊出："九州生气恃风雷，万马齐喑究可哀。我劝天公重抖擞，不拘一格降人才。"这杜鹃啼血般的嘶哑之声，这悲怆的呐喊回荡在万籁俱寂、茫茫无边的古老大地上……

朱熹、戴震抓住了古老中国思想和思维的脉搏，两位老人缓缓走远了，留下了时代的底色。

五

在雅静的江村、宏村，那些纯粹的写意式的翠竹、雨亭、楼榭、石桥、溪水……都散溢着明清的气息。江村和宏村又是忧郁的、哀伤的,似乎浸泡在古典和沧桑里。薄暮黄昏,又飘零着细雨,天地间缭绕着沉沉的意绪,这古村蕴含着难言的惆怅。树叶油油地亮着,瓦楞上的水滴都是遗憾的韵律。情感的破碎,铺陈出生命的破碎,无法回归,也无法追寻。

雨雾更贴切地表达了它的气质内涵。

新安江的春日,在这淡淡的细雨中,总感到有黄梅戏的韵律飘来,心灵里像有一翎柔软的羽毛,抚摸着,撩拨着,有一种快慰,又有一种伤感。尽管我知道黄梅戏源自安庆,但我却固执地认为黄梅戏应该属于新安江。

黄梅戏,为何用这个名字?黄梅时节家家雨吗?也许在这样的雨季,人们刚忙完插秧,又逢雨天,就搭台演戏,也是一种休闲和娱乐。那清丽的唱腔和江南的细雨,抚摸着一方水土的面靥。

其实黄梅戏,原名黄梅调,原生地在湖北黄梅一带,发展壮大于安徽安庆一带,成为中国五大戏曲剧种之一。任何戏剧的形成、发展和成熟都是经过千百年水土的酿造,是人文思想的融合。那纤柔的音韵,那悠扬的带有郁悒的情愫,吐出了声音的花蕾,点缀了养育自己的水土,使如画的江南又多了几分飘逸与空灵。

《天仙配》演绎了一幕经典的千古爱情,荡人情怀,催人泪下，千古幽怨永远化解不开。即便是现代的卡拉OK、咖啡厅、酒吧，这些声、色、光、影芜杂斑驳的地方，仍然飘荡着"树上的鸟儿成双对，绿水青山带笑颜……夫妻双双把家还……"这浸透伤感的浪漫，这虚无缥缈的甜蜜，这经典的爱情唱得那么真挚、感人、哀婉、细切，难以言传的美丽声音，带着江南山水的空灵、鲜润。望着新安江畔的竹林、海棠、杜鹃、古樟、新柳，我问新安江，是哪方神圣孕育出这伟大艺术的经典。

新安江悠悠流淌着，岸边的村镇、街巷，依然回荡着黄梅戏清丽、婉约、细腻、优美的唱腔。山的逶迤，水的隐约，云的缥缈，雾的袅娜，野花的幽香，藤萝的缠绵，皖南的神韵，江南的烟花，都在这唱腔里。还有说不尽、道不完的忧郁、悱恻、惆怅……

黄梅戏就像李白赞美的纪叟酿造的"老春酒"，清醇、甘美，让你未饮而醉，让你流泪，让你憧憬，让你回味。走进黄梅戏就是走进艺术，走进历史。遥远而清晰的梦幻，幸福而哀怨的惆怅，仿佛牛郎和织女相逢在前方田野上，老槐树依旧在，绿水青山依旧在，夕阳、老牛、暮鸟……整个布景，是一幅水墨渲染的中国画。它永远在黄梅戏的韵味里，在咿咿呀呀、抑扬顿挫的旋律中，它萦绕你，它撩拨你，像岚，像雾，你挥之不去，又无法躲避；它使你欢欣，使你悲

| 雪花睡在枝头

伤；它使你激动，使你深沉，给你甜蜜，也给你凄苦。它使你想入非非，又让你感到是是非非。是这山、这水、这天、这地、这草、这树……集体创作了黄梅戏。它只能诞生在江南的青山绿水间，牛郎织女只能相遇在这夕阳、老牛、古树、远山里。这袅袅的旋律永远凄迷着、感伤着、哀怨着、惆怅着……也甜蜜着，化为泪眼迷蒙，像一帘迷离的烟雨。我真想挽住一缕旋律叩问：山河依旧，风景永在，织女啊，你为何一去不回头？难道只能在七夕相会于银河鹊桥？

新安江两岸山坡上，绽开着灿灿的油菜花，金黄得耀眼，金黄得让人惶惑。

新安江是不可理解的。她的深邃，她的神秘，她的典雅，她的高贵。有些东西你肉眼是看不到的，因为它弥漫在天地间，氤氲在大气中。

这片土地产生美术、诗歌、音乐、哲学，产生一批批才华横溢、灵感四溅的诗人、画家、戏剧家、哲学家。这简直是一片全才的大地！试问茫茫九州何方土地能与之相媲美？

这让我感到，新安江简直是天造地设，或者说是造化之功，抑或说人杰地灵，她是美丽寻求者的终点，还是一片艺术的净土；她是艺术家、诗人、哲人赖以洞察人世的起点，是永不可知的历史淹没在岁月无尽的尘埃中的一座纪念塔，是江南原野上一面被风雨漂白的旗帜!

　　为了美术、戏剧、诗歌、哲学和思想,那些皓首华发的哲人、诗人、艺术家,吮吸着这片土地的精华,又像蚕一样在这片土地上抽丝结茧,使这片土地更加诗化、艺术化、神奇化。

　　这里的山逶迤、舒缓、幽静,不喧嚣,不峥嵘,不飞扬跋扈,再加上漫山遍野羞羞答答的修竹芳草,更凸显出一种雌性美,一种女人味。

　　春天,正是孵化期,牛哞、羊咩、犬吠、虫吟、鸟鸣,风拨动着树林和拔节的麦秆儿发出铮铮的声音,这些音响都是从这片土地上冒出来的,是这片土地的感悟,当然还有袅袅炊烟,淡淡的雾霭。蜿蜒奔腾的新安江水,使这片土地更富有灵性、才气。

六

　　新安江就是这样的,她不盛气凌人,也不咄咄逼人。这里盛产伟人,但她不是伟人一般名震天下的大江大河。

　　新安江不算长,因为她曲折回环而舞姿紧凑,更能让人看到曲线的美;比起大江大河,她躯体苗条纤细,柔婉逶迤,更富有美感。

她的水色不是那种清澈得像泉水一样，她是青碧色，碧得发绿。山因她而葱茏，天因她而湛蓝，她的丰富和完美超出一般想象的力度。她的性格内向矜持，所以虽然孕育了许多伟人，但她自身并不显赫伟大。

新安江不单单是一条清波混混的江河，她了不起的地方，在于她是一种自然的生态工程，骨架稳重，结构严谨，她影响着周围的一切，风格、文化、物质、民俗、方言，她把这一切都化为生命的元素，构成她肌体的一部分。

你看排列在岸边的屋舍，全是黛瓦粉壁、马头墙，门楣是精致的砖雕，庭院里有几棵青竹或芭蕉，人与人的关系、道德规范也像新安江一样谦恭平和。还有，你看那沿岸生活着的人们，他们悠闲、平和的神情，男人的矜重，女人的娴静，孩子的读书声，老人抽烟的姿势，以及吐出的袅袅的烟圈，悠悠幽幽，都带着一缕禅意。他们无论做什么都细心、精致，显示着对生活、对人生一丝不苟的严谨，这仿佛受同一哲学的驱使。

这里的一切都是风景。

新安江为这一方地域创造了风景。

走在新安江的石桥上，不仅感到古典韵味，还会感到一种乡愁：小桥、流水、人家、落日、归雁、渔笛孤舟，漠漠云烟，纷飞的芦花，但这一切都带有一种伤感的情愫，是悲

雪花睡在枝头

剧的氛围。毕竟新安江是载着徽州人乡愁而流淌的江。她宁静，她雾气蒙蒙，她水中摇曳的荇藻，都是一个千年的梦。

乡愁是中国古典文化的一大情结，是一种意念，那是渔樵问答，衰柳斜阳，老牛哞叫，田园生活的召唤，是诱人的饭香，袅袅的炊烟，母亲的呼唤……那么沉静地横亘在流水和无边的岁月中，恍如一个梦，充满忧伤的诗意。

有流水便有乡愁。徽商们小小年纪便踏上故乡的石桥，身背小小的印花包裹，带一把油纸伞，乘坐一只乌篷船，水一程，路一程，风一程，雨一程，迢迢千里，云迷雁唳，雨打秋篷；秋意凄凄，情怀凄凄；朝卷帘看，暮卷帘看，故乡一望一心酸；云也迷漫，水也迷漫，故乡啊渐行渐远。远游的萧索，苍凉的心绪，怎能不感慨万端？"前世不修，生在徽州；十三四岁，往外一丢。"（徽州歌谣）这种"走西口"式的歌谣是典型的乡愁情结，是凄悲人生的感喟。因家乡人多地少，贫困窘迫，十几岁的男孩不得不告别亲人，走山越水，投亲靠友，经商打工，3年、5年、10年、20年，他们凭着徽州人特有的坚韧、倔强和忍耐，吃尽他人不可忍受的艰辛，承受他人不能承受的苦难。终于"发"了，于是春风得意，于是衣锦还乡，于是大木船上装着一箱箱金银细软……于是在家乡大兴土木，修房盖屋，建造花园亭榭，以炫耀财富，展示奢华。大半辈子的辛苦、闯荡，终于达到人生的峰巅。

这是徽州文化最辉煌的章节，是徽州文化最深厚、最动人的一部分。另一类，是读书。新安江两岸尽是耕读人家，他们在程朱理学的熏陶下，悬梁刺股、划粥而食，三更灯火五更鸡，苦读四书五经，科举及第，终于白马红缨，成了高官大吏，于是乘着画舫，奴婢簇拥，扯鞭放炮，仪仗赫赫，威风凛凛回到故乡。地方官早就恭候在接客亭里高接远迎，那真是人生最壮丽的风景。

历史并不会总保留一种形态，曾经作为水运必经之途的新安江已不复存在，帆樯如云、船桅如林，商船麇集，已成历史的插页。徽州商人编撰的各类路程图记，永不复为南来北往的游子揣在怀里，一解迷津。

新安江作为文化载体也必然会蜕变些什么，失落些什么。

徽州文化是中国封建社会后期社会文化发展的典型缩影，又是中国封建社会后期乡村民间社会与文化发展的真实展现，而且徽州文化存在着显著的整体系统性特征，更突出的一点是，徽州文化不是废墟文化、考古发掘文化、历史传说文化，而是一种现实性很强的文化。

新安江孕育了徽州文化。

我总觉得新安江是一条忧郁的河流，我扔一颗石子，试探水的深浅，新安江用很沉重的声音回答了我。新安江从不张扬，她既深沉、有毅力、有耐力、执着，也任性。是自惭形秽的徽州人性格影响了她,还是她铸就了徽州人的秉性?两岸青松苍劲,翠竹挺拔,这貌似恬静温柔的流水,还蕴含着一种铮铮骨气。

这条河曾养育了朱熹,养育了戴震,养育了梅尧臣、陶行知、胡适、胡雪岩……这些名震华夏的风流人物,一批批状元、进士,侍郎、御史、知府、知州,还有相国……历史曾吮吸新安江的乳汁,长得健壮,长得丰满。对岸山上的草木在夕阳中涨起青春的红晕,生命即使在黄昏也生机勃勃。

深渡码头距歙县县城足有15千米,我是乘出租车去的。师傅当然是本地通,他把车子开得很慢,一边让我尽情欣赏新安江风光,一边讲述新安江的历史文化、古人逸事。他说:"明清时期这条江可繁忙呢,大船小船密密麻麻,满载着山货、茶叶、蚕茧、毛竹、粮食,运进运出。吆吆喝喝,一条江都像烧沸了。你知道胡雪岩吗?大清朝鼎鼎大名的红顶商人,他的船帮摆起来就有好几里长。那个人真是有本事,朝廷里哪个王爷不巴结他?连老佛爷都高看一眼,要不怎能赏他一只红顶子?人家富嘛!富得连尿壶都是金镶银裹。左宗棠大军收复新疆,军需粮饷都是人家胡雪岩包揽的,你说他多有能耐……"

新安江曾创造多少辉煌!富商的船帮,高官大吏的游舫,歌妓优伶的画船，世俗和高贵，浅薄和深邃，生命的荣耀和羞涩，人生的崇高与卑贱，整整一部徽州的历史，新安江都记录着、承载着。新安江，而富春江，而钱塘江，而大海。新安江是一棵根系发达的古树，枝繁叶茂，浓荫匝地，认识她，你会由衷地产生一种历史的沧桑感、文化的厚重感、历经苦难的自信感。

我们沿着江岸时行时停，几只白鹭在空中盘桓，飞翔的姿势优雅动人。这种高贵的鸟已成了稀有物种，它落在对岸的树枝上，弄得整个树林都旋律般地颤动起来。这里的人称它鹭鸶，一身洁白的羽毛，红喙，细腿，它是鸟类中的美女，是白色的小天使、吉祥的小精灵。新安江有了它才显得活泼而灵动。

还有杜鹃花，那花开得热烈，疯疯癫癫，恣肆狂放，你很难想象，它的精力如此充沛，激情如此盎然，漫山遍野，火焰似的。这些花你不能用含苞欲放、蓓蕾初绽这类俗气的词汇来形容它。它在一夜的春风里，像满山士兵听到冲锋号声，齐刷刷从隐蔽的树丛间蹿出来，于是青春的火焰便喷射了，燃烧了，把宁静的新安江也感染得热情奔放了。

人在山水间

这里多山多水,山是骨骼,水是血脉,山环水复,织成一片锦绣的皖南。

| 雪花睡在枝头

这里多山多水，山是骨骼，水是血脉，山环水复，织成一片锦绣的皖南。

婺源原属于徽州，后划归江西行政管辖，但它的徽州味、徽州元素、徽州基因并未改变，依然是皖南风光。

一进婺源，一种古典的幽雅、静穆，一种山水的清香、草木的芬芳扑面而来，依然是黛瓦粉壁、马头墙，窄窄的小巷，拥挤的房舍，小小的庭院，门前的池塘，街巷的流水。这里是水文化，是山野文化，又是儒家文化极其浓郁的地方，不管是农家还是学校，都带着徽州原始胎记。这些年来我一次次到安徽采风，写了许多反映徽州文化的散文，黄山的巍峨，华山的奇峰断崖，宏村、屏山民居的古典，廊桥、美人靠的浪漫和凄迷的故事，那清清的溪水，那荡荡的河流，那郁郁的山野，葱葱的菜园，曾深深打动我的心灵。我曾经去泾县拜访李白的桃花潭，我也去过李白的敬亭山，欧阳修、辛稼轩的滁州，都曾留下我笨拙的文字。我非常喜欢徽州的雨，那简直是诗，扑朔迷离，朦胧隐约，我想山水画家不知怎样挥毫酣泼、淋漓尽致，那印象派大师莫奈，见此光景又将怎样惊喜、痴迷？山水是文化的底蕴，抽去山水文化，还不成了无血无肉的僵尸？

一条细瘦逶迤的小溪，怯怯地流动着，怕是惹了谁，那么小心翼翼，遇到一块不大的石头，也谦卑地躲开而去。

烟雨皖南，溪水人家。

柳叶鸣蜩绿暗，荷花落日红酣。
三十六陂春水，白头想见江南。
…………

在婺源的山野村舍里，我懂得了什么叫诗意的栖居。这里的流水平平静静，不喧嚣、不浮躁，小溪潺潺地流淌，小河静静地流淌。女人在小河边洗衣，青青的捶布石上响起哪哪的棒槌声，她们还洗菜，甚至刷锅、刷碗筷。这里的水随物赋形，遇圆则圆，遇方则方，"水作为一种生命形态"，直接影响徽州人（婺源）的秉性、气质，待人接物处世的圆融平和。"生命活动的投影"，幻化为他们的思想意境，山水已糅进他们日常生活与灵魂的风景，他们有山的刚强，更有水的柔和。

春夏秋冬，四时八节，年年岁岁，他们过着平静的生活，柴米油盐、家长里短、采茶、养蚕、说媒、迎娶、结婚、生子、生病、死亡、发丧，终年忙碌在云遮雾罩、林木葱郁的山野上。

那个与秦淮八艳之一的李香君谈过恋爱的明末文学家侯方域说："今夫日月与山水者，天地之色也；光者，日之色也；阴者，月之色也。山之色烟云互变，水之色澄碧相接。若尽欲刊落而空之，举目黯淡，何古何今。无怪乎风人才子，不肯服也。"

你到篁岭、熹园，会看到引人注目的景观，长长的流水，茂密的竹林，漫山遍野，一片绿涛翻腾……在山野采茶、砍竹、炒茶、竹织、竹编、木雕、石雕，你不会感到厌倦和疲劳，这简直是一种艺术行为，是审美意识的愉悦。劳作失去了痛苦感、强迫感和苦难的色彩，而变成一种乐趣、一种追求、一种诗意的创造，犹如画家写生、书法家挥毫抒情的幸福感。这里蕴含着人与自然、人与人的和谐之美和古朴悠远的情感。

走进李坑，走进江湾，你仿佛走进桃花源的烟雨空蒙处，几只白鹭飞过，活像一幅淡墨的山水画。这些村舍深藏在大山皱褶里，群山跌宕，峰峦不雄浑、不巍峨，但满山的树林，堆烟笼翠，成团成簇，阳光渗透不进，连雨珠都难滴漏，它们在叶子上逗留大半天，借一股山风，才陨落树下。滴滴雨

雪花睡在枝头

珠，涓涓细流，汇成小溪。

这里尽是耕读人家，知书达理。"万般皆下品，唯有读书高"，是他们人生的最高哲理，"学而优则仕"，是他们人生追求的最高理想彼岸。悬梁刺股，囊萤读书，十年寒窗，三更灯火五更鸡，只为一朝金榜题名。

这里水温山暖，流水带来细柔平和、随方就圆的气质，深深影响着婺源人的性格，他们不会大声说话，不会粗口发泄，即使争吵、辩论，也是像流水一样节奏舒缓，"话到嘴边留半句"。他们能隐忍，能宽容，能吃亏，能退让，没有疾风骤雨的疏狂，没有狂放不羁、桀骜不驯的猛士，温和得像云、像流水，全心全意的心像山岚一样轻。

徽州人自谦称徽州驴，这不是动物名称，是文化概念，他们形容像驴一样坚韧、沉默、吃苦耐劳，而且固执、倔强。他们无论是经商还是做官，都能忍辱负重，做人低调，为人谦恭，即使赚了大钱，也不趾高气扬或威风凛凛。他们有温克尔曼"高贵的单纯，静穆的伟大"的气质，他们人生的路崎岖、坎坷，也吃过苦、受过难，以笑到最后为自足。康乾时期的大臣张廷玉，其父张英是康熙早期的宰相，一门双宰相。有个故事：张英的性情温和，为邻家让出三尺地基，成为遐迩闻名的美谈，"千里家书只为墙，让他三尺又何妨。万里长城今犹在，不见当年秦始皇"。

　　山水之苍黛幽静，山气之清凉袭人，流水之柔润悠远，水光山色的清鉴晶莹，既令人心旷神怡，又赋予人一种情怀、气度、秉性。山水是一种文化，是生态文化。

　　朱熹的熹园：山有一丘皆种木，野无寸土不成田。

　　李坑是典型的"小桥流水人家"的代表，村舍"依山而建，临水结村，推窗见河，开门走桥"——这是画家眼中的画，诗人心中的诗。

　　昨天我们爬过的这山名叫大丰山，山不险峻，却显臃肿。山上多枫树、杉树、栗树，还有坚实的檀树，当然也有成片的竹林。"松风竹韵"，村后是山的确令人心旷神怡。一棵松树从石罅中长出来，劲拔挺壮，树根靠它原始的生命力撑破顽石，硬硬地与大山抗争。树下满是大石，石下是幽壑。我们坐在石头上，品赏林中的幽静，聆听枝头鸟鸣。有鹰在山顶上长号，声极凄厉。石隙间、树丛下，有缤纷的野花，红黄蓝白，装饰着山的多姿多彩。水从山上来，流水沿街蜿蜒而去，水声泠泠，像轻吟，像细语。水清可照见两岸树木、房屋、天光云影，如诗如画，走进这山水人家，仿佛远离了尘俗世界，置身于独与天地往来的桃花源。

　　陶行知走访过28个国家和地区，骄傲地说："世界上只有瑞士可以与我的家乡相比！"瑞士被誉为欧洲的花园，而徽州是中国的花园。这名片越叫越响,年年月月,旅游者不绝,有时人满为患。人们为何如此眷恋向往婺源,缠绵徽州?是山水,人是山水的动物。

被雨水冲刷的青砖黛瓦、粉壁马头墙的古屋,已显疲惫、憔悴、苍凉。但年轻的美术家却团团而坐,素描写生,那是审美,那是精神和灵魂的向往。

碧水、黛瓦、苍山、古屋,是徽州的土特产。

八分半山一分水,半分农田和庄园。

土地的金贵,简直不可思议。

商人重利轻别离,前月浮梁买茶去。

徽州,当然包括婺源,是山的故乡,一座座,一尊尊,连绵不绝,跌宕起伏,滔滔涌涌,高处俯视,你才体验到"苍山如海"的内涵。

我去看堂樾的甘棠:柳色青青,花红灼灼。我来婺源恰不逢时,已是暮春初夏,"林花谢了春红,太匆匆"。

在文化地图上,徽州婺源是水墨江山。

婺源是典型的江南地区,低低的青弋江逶逶迤迤流进长江,船上载着毛竹、茶叶、山笋,沿江而下,走出大山。

"山水相连,它每一叠岩石,每一朵浪花,里面都镌刻着岁月的履痕,律动着乾坤的吐呐,展示着大自然的启示。"山川形胜，峰涌峦奔，滔滔滚滚，构成皖南的地理风貌，闪烁着徽州文化的异彩，孕育着徽州儿女的品格和气质。宋代诗人戴复古有诗云："叶落花开关气数，山长水远是功名。"一言道出徽州人的理想、追求、功名欲、财富欲和山水文化的情结。

我一次次走进皖南，一次次来婺源，看厌了敬亭山，玩腻了桃花潭，览遍数以百计的祠堂、古民居的宅舍，熟谙那一副副诲人律己"座右铭"般的楹联，看惯了形态各异的牌坊、牌楼、纪念碑式的建筑物、玲珑幽静的花园，我仿佛探到了一个地域文化的魂脉，理解了一个地域人生的理念。这是打开地域文化的钥匙，山水育人，山水铸人，"笑夸故人指绝境，山光水色青于蓝"，在悠悠漫游中，在山光水色的徜徉徘徊中，我对皖南的山川、胜境产生了浓厚的情趣和爱恋。

大山和江川蕴含着丰赡厚重的文化，使人享受不尽，采撷不绝。山清水秀，诗情画意，奇峦险峰，流泉飞瀑，江流溪水，这迷人的风韵，使人的精神葱茏、智慧丰盛、情感多彩，大自然的精华、山川的妙境，陶冶着人的情操，滋育着人的精神。"石韫玉而山辉，水怀珠而川媚"，江南多才子，皖南多仕人，正是这方山水孕育了他们越拔的状态。

山谷是流云的巢穴。

海之梦

我的梦也被那无边无涯汹涌的波涛染成蓝色,湿淋淋、沉甸甸的蔚蓝。

雪花睡在枝头

我是平原之子。一望无际的平庸坦荡的黄与绿构成我童年生活画面的原色。对于海，那蓝色的诱惑，蓝色的神秘，起伏的旋律，跌宕的情感，还有那永恒不泯的蓝色火焰，我只能在小说和电影里去领略，去寻觅。每当我躺在故乡的平原上望着晚霞褪尽，整个天宇在夜幕尚未垂下的间隙，蓝得出奇，洁净得出奇，晶莹得可滴下水来，这时我又想起海，那是从《格兰特船长的儿女》引起的向往。于是，海的雄姿和韵律，海的旷达和壮阔，以及那海市蜃楼、海底龙宫、美人鱼……许许多多美丽迷人的神话和传说，在我少年的心中涨起层层叠叠的潮涌，溅起五彩缤纷的憧憬。还有那风帆，像蓝天上的一点雪白？是智慧的造化，还是大海的精灵？是开拓，是希望，还是发现？

于是，我常常梦见海。我的梦也被那无边无涯汹涌的波涛染成蓝色，湿淋淋、沉甸甸的蔚蓝。

青年时代，一个偶然的机会，使我在海边的一个小渔村住了50多天。那是多么令人怀念的日子啊！于是我贪婪地阅读海，阅读这横亘天地间永恒的史卷。

　　早晨，我常常迎着积蓄了一夜的海风，踏着湿漉漉、软绵绵、刚刚退潮的海滩，走近海，走近视野开阔的蓝色原野，走进自然，给我坦荡与旷达，赋予我深远与苍茫，敞开心扉，接受海风庄严地洗礼，接受海蓝和天蓝圣洁地净化，用心体味一个人在自由天地间奔驰的想象和豪情。

　　黄昏，自我多情，把海滩幻想成巴黎郊外，学那个孤独散步的老人卢梭，一边在礁丛和沙石间撷拾贝壳和采撷海石花，一边慢慢遐思沉入历史，探索大自然的奥秘，寻求人生的哲理。浪花在脚下吟诵着古老的长短句，海风伴着思绪哗哗地掀动着《一个孤独散步者的遐想》的章页。一抬头，那黛蓝色的波涛，重重叠叠，带着大海深沉的律动、沉郁的呼吸和神秘玄奥的心声，向我走来，它要告诉我什么？要讲述什么？我不懂。我问海鸥，你们懂吗？海鸥默默不语，只用那洁白、隽秀、灵巧的羽翎笔，在这蓝色的书卷上标着句读。

　　我带着青年时代的迷茫和怅惘告别了海。然而，十几年了，那涛声浪语却灌满了我记忆的磁带，海光云影也集满了我思念的相册。

　　而今，我又来到海边。

　　这是一个黎明静静的海滩。偌大的一片空旷，天地间只有我,还有满目汹涌的蔚蓝。纤尘不染的蔚蓝泛滥着无边的温情,褪色的月亮孤魂似的漂泊在遥远的蔚蓝之上。沙滩绽开童贞的微笑,礁石上盛开着大朵大朵的矢车菊,翩飞的鸥群弥漫出静谧的朦胧。远天近海呈现出一片壮阔的美,肃穆和庄严的美!

久违了,我的海!

我走向礁石。

礁石被海浪猛烈地撞击着,沉重而又浑厚。海却不慌不忙地后退,引诱我走向它逗留的地方。那些地方很柔软,很湿,几乎称不上陆地。无数发青的鹅卵石躺在一边,质地和礁石相似,海谦逊地从滑溜溜的石块上退去。但海深知自己的胜利,它早在那些棱角全无的石头上,留下了力量的痕迹。

浪花,一团团,一簇簇,在我身边飞扬,激溅,跳跃,歌唱,那是海的思绪吗?是海在呼唤我吗?我真想采撷一朵盛开的美丽。但是浪花在空中化为粉末,粉末战栗着,痉挛着,又回到大海的怀抱,于是又开始了新的歌唱,绽开更灿烂的青春。那是生命的颂歌。

我是属于海的。

海啊,你能接纳我吗?你的浩瀚、渊博、深沉、磊落、雄浑,能接纳我的怯懦、浅薄、偏狭、幼稚和虚荣吗?我多愿化为一粒水珠,投进你的旋律,唱一支永恒的生命之歌!

| 雪花睡在枝头

海浪起伏着，奔涌着。我倾听着潮声，盼望着更加惊心动魄的呐喊；我凝视着海面，盼望着它掀起更大的狂澜，波波相依，浪浪相连，我的思绪也如这海浪上下翻飞，连绵不断……

而今，我已步入中年。生命之树被黑与白的时间的轮回扭曲变形，枝头上竟未结下丰硕的果实，密密的皱纹已将青春封锁，心灵破绽得像一只没法再织补的网，额头的坎坷让荒凉的苍苔装饰得壮郁。我已变得不是我了。每当回首往事，难免感到庸庸碌碌，不仅淡泊如水，而且留下大片大片的荒漠与空白。然而我厌恶庸俗，厌恶猥琐，厌恶献媚取宠，厌恶趋炎附势；厌恶虚伪、狡诈、阴鸷、贪婪、自私；厌恶千方百计扼杀他人才华和创造力而显示自己的"尊贵"和"权势"；我厌恶人世间的一切丑陋和肮脏……我天性未泯，因为我血管里没有凝固你澎湃的激情，我灵魂里没有熄灭你蓝色的火焰，我心房里还搏动着壮阔雄沉的律动。大海啊，我多情地凝望着你青春永生的大波，目睹这声震八方的壮丽的生命奇观，我渴望能领略到启迪，我渴望跨过悲伤，达到凯旋，跨过死亡的沉寂，达到人生的豪壮。

起风了。风在海滩上的树丛中穿来穿去，时而尖利地啸叫，时而低沉地喘息。迷人的呢喃和可怖的恫吓，温柔的摩擦和粗暴的鞭打，几乎在同一时刻降临。

那涛声摇撼着整个天空，有如虎群咆哮，闷雷排空，暴雨击林，那声态的壮阔美、豪放美、雄浑美，令人赞叹不绝；再看几十米高的礁石，席卷而来的狂浪蜂拥而至，又从高处跌宕垂落，急泻而下，其势如万峰崩裂，千岩滴穿，那气势美、动态美、韵律美，又不能不令人为之击掌……

海啊，又一次显示了你的存在，就在下面，频频放出闪电，以升腾你不灭的激情，你肆意舞蹈，淋漓的汗水蒸发为急箭般的暴雨。你永不枯竭，你是一位哲人，两鬓微霜，面露沧桑之色。你是汹涌奔腾的力的雕塑，你是力与美、动与静、刚与柔的完美的结合。你不仅具有母亲的博大和温柔，还有着父亲般的威严与气魄。你的高歌与呜咽，你的纯情与雄健，你的粗犷与婉约，都使我壮怀激烈，感奋不已。

海啊，没有任何力量可使你屈服，使你慑惧。所有想征服你的都被你征服，所有想吞噬你的都被你吞噬。沙滩和礁石是最好的见证，那上面写满你浩浩荡荡的箴言和不可征服的尊严。

然而你却不改初衷，不舍昼夜，从不蹉跎，更不踌躇，千年百载地涌动着一腔激情。我想，人来到你的面前，不管带着什么样的心境，是忧郁，是阔朗，是烦恼，是愉快，是强悍，是怯懦，是豪爽，是俏丽，是深沉，是虚浮……但在这里他得到的都是奔泻与美的升华。

　　置身于大海面前,我只觉得如此纯净无尘,如此富有生机,更觉得浩浩大千世界如此豪壮瑰丽,多姿多彩,人世间的是是非非、纠纠葛葛、烦恼、忧愁、颓废、悲怆……全被汹涌的浪涛洗涤一空,整个心灵的世界,都充满力的涌荡、力的超越、力的升腾……

　　我久久地站在海边,浪花打湿了我的衣裤,我全然没有一丝凉意。此时,我重新获得大海,获得新生。我已拥起海的粗犷和豪放,海的博大与温柔,海的雄浑与顽强。我的灵魂又注入了海的尊严,海的力与美。

　　我该回去了。

　　就在这时,风息了,潮退了。我的眼前忽然亮起一道金光,那金光从遥远的海天射来,迅速地蔓延扩大,天边的云朵也镶上了金边。我一眼不眨地注视着远方,孰料,我偏偏在眨眼的一瞬间,一牙,半轮,轰然一响,跳出一轮鲜红。大海碧血浮荡。转眼间,丽日腾空,海与天推出一幅更加壮阔雄浑的画面!

　　我生命的潮在奔涌,激情破闸而出……我没有像诗人们那样面对苍茫辽阔的海空,"嗷嗷"地宣泄生命的号叫,但此时此刻,我却想起俄国著名风景画家列维坦给他朋友契诃夫的信:"那天黄昏,我爬上了悬崖,从峰顶俯视大海。你知道吗?我竟然哭了,而且放声大哭,在这永恒优美的地方……"一个人独自在悬崖,看到美丽的海景,竟然感动得放声大哭,那么这个人对自然美的敏感和热爱也就可想而知了。

我也掉泪了,两颗灼热的、晶莹的泪花滴进大海,愿它们播种在这蓝色的原野,开放出两颗星星般的小花朵。

当我离开海时,沙滩上出现一群赶早潮的姑娘,她们叽叽咯咯地笑着,闹着,她们的小篮里盛着海贝、海蛤、海蛏、海菜——我想,那是大海抛弃的渣滓,而我思想的小篮里却盛满了海的思想、海的哲学、海的灵魂,还有一个沉甸甸、湿淋淋、蓝幽幽的海之梦。

海之月

窗外依然是月华如水,海涛阵阵,我的梦也变得空明而绮丽。

雪花睡在枝头

童年时代，我曾躺在故乡的打麦场上，饱尝过平原之月的清凉和淡泊；在读书时期，我从古人的诗词歌赋里，曾领略过秦时明月的蛮荒，关山冷月的悲怆，春江花月夜的清丽，秦淮残月的萎靡，卢沟晓月的苍凉；参加工作后，我也曾经丰富了我的想象，也丰富了我的痛苦。而海之月对我却是陌生的，虽然有多次接触大海的机会，但她未曾照亮我的一卷诗情。

月是美的。我想，海边的月会更美。

今日来到海滨小城，朋友邀我到海边赏月，我欣然答应。

连日以来的奔波，使我的神经处在高度紧张的状态中，今夜我要领略大自然的妙处，可以放松思想，自由自在，尽情地欣赏海边的月。让那明媚、秀丽的月色一洗我芜杂的思绪，怎能不令人愉悦呢？

天一落黑，我们便骑车向城外驶去。

海，很快地出现在眼前了，但是暮色苍茫的海面只是一片朦胧，一片混沌，几点渔火和远处的灯塔闪烁的"眼睛"，更给人神秘和幽邃的感觉。

  我们选择了一个地方。这是一丛礁石，裸露在水面上的石头并不高，坐上去，双脚可以伸进水里，任浪花的小嘴亲吻。

  大海已失去白日的狂躁和激动，变得温柔和娴静。浪花很有节奏感和韵律感，沙滩在它的谣曲里渐渐入梦了，一只晚归的海鸥从苍茫的海天飞来，在暮色中划出银白的弧线，匆匆地走向夜的深处。

  海天是黑色的静默。

  夜的分量加重了，黑色的风从我身边流荡过去。我的思想和记忆一下子苏醒过来。

  我想起那位和雪莱、济慈同时代的，英国声震遐迩的画家透纳，他的一生为大海画了许多肖像画——《安息—海葬》《托拉法加的海战》……据说，他年轻时曾经搭运煤的船或渔船去海洋体验生活，积累印象。有一次在海上遇到风暴，他让水手们把他绑在桅杆上整整4个小时，以便观察狂风暴雨中的海上奇景。但我却未曾看到过他画海上之月的作品。至于凡·高，虽然画过海边的月色，却是变形的月色，他用笔厚重有力，极富气势，夸张激烈，以龙卷风似的条状笔触，一反传统的夜景幽雅恬静的常规。我知道，那是画家内心骚动不安的特殊感觉。

196 雪花睡在枝头

我想，海之月一定有她独特的美。

正在我遐思默想的时候，远处黝黑的天幕忽然变淡了，变蓝了，蓝得让人心颤，蓝得让人想起那优美的抒情散文和美丽的爱情诗篇。身边的礁丛和身后的海榄树的枝叶一动也不动，像布贴画似的粘在海空上。远远的海面先是出现一片白，那白渐渐扩大，蔓延，就像一曲乐章，由弱到强，由低音部到高音部。接着那光明的使者便在一片浩浩海浪的簇拥下走了出来，像维纳斯的诞生，美丽、动人……

远处的海面被月光轻轻地抚摸着，那初升的月光，在海上搭起一条缥缈迷幻的甬道，金色的，一头结在脚下，一头系着月儿。我真想沿着这条甬道向前走去，走进月宫，问那寂寞的嫦娥，问那酿酒的吴刚，你们可曾安好？我真想伸出手，摸到月亮的边缘，并且借着她的升力，缓缓地浮向空中。这时候，海天融合的漫宇间缥缈地轻流着美好而无声的乐章。痴迷的星星不慎跌落到海面上，散成微鼾的渔火。一望无际的粼粼波光里，载浮载沉着只有我才感觉到的一缕诗情，天宇的浩茫，大海的壮阔，月光的明朗，海水的幽暗，月的阴晴圆缺，海的潮涨潮落，那力与美高度融合，天地有大美而不言！我静观着，仿佛穿过宇宙，穿过漫长的历史，与我生命的本源相遇……

海波不惊，月亮把她的光喂给每一朵浪花，海浪张着白色的小嘴，贪婪地吮吸着月的乳汁。

月亮渐渐浮上去，衬着黛蓝色的天幕，显出一种典雅而娴静的姿态。在晴朗、纯洁的蓝玻璃似的空中，她像被海水擦过似的，发出粼粼的青光。这时，整个大地，黑黝黝的远山，广阔的海面，冰冷的礁石，空旷的海滩，仿佛都等着她的照射，渴望她的抚爱、抚摸。

海滩被月光照得晶莹、明净，远远的谁家的炊烟，袅袅地融进冥冥的月色里，竟弄得我眼眶潮湿。

我极目向海的地平线望去。奇怪的是，并不是整个海面都充满光辉。大海的另一面，依旧是墨绿色的，好像不愿接受月亮的恩赐。

我们坐在礁石上，那月亮一点也不惊慌，那般安详，那般圆润。浪花在礁石上亲吻，唱着快乐的歌。

"月光是有生命的，"我的朋友兴奋地说，"凡是有生命的东西就有思想，有感情……"

"是呀，你看，月的感情是多么缠绵而细腻……"我赞同地补充道。

"世界上唯一能与时间对抗的就是日和月了，这是永远的美，永远的希望，这是我们生命存在和延续的唯一意义。"

"人生是有限的，美是无限的；人生是短暂的，美是永恒的。我们为什么不能尽情享受这一点眼前的美呢？"我

雪花睡在枝头

感叹道。

长年生活在城市里，楼群挤瘦了天空，灰色的水泥墙禁锢了视线，狭窄和嘈杂窒息了人们的想象，连梦幻也围上了栅栏。办公室和宿舍构成岁月的循环，人际间的龌龊和被污染的气体，使人感到压抑和说不出来的悲哀。谁说过，城市是一座监狱，一座没有栅栏的监狱。

我走出拥挤和嘈杂，来到这广阔的海滩，赏阅这迷人瑰丽的海上月色，心情也像被月色和海涛洗擦拭过一样，万虑皆无，一片空明和寥廓。

我想起古人许许多多咏月的诗篇："海上生明月""邻笛风飘月中起""横笛送晚延月明""春江花朝秋月夜""唯见江心秋月白""二十四桥明月夜"……古人赏月，那种凄清和淡泊的情感固然不能让人鉴取，但人回到大自然中去，回到自我中去，回到永恒的美中去，此番情愫怎能不令人畅舒？我想起了高更的名画——《我们是谁？我们从哪里来？我们要到哪里去？》，这是一个永恒的谜。

回到友人家里，我睡不着，从书架上抽出一本纸页发黄的古典文学，乘兴随意地翻阅着。巧得很，竟然翻到谢希逸的《月赋》。古人用瑰丽的语言、纤细的情感，娓娓地描绘着皎白的月光，也仿佛描绘着我的心情："……白露暧空，素月流天……升清质之悠悠，降澄辉之蔼蔼……"我想，谢老夫子对月的赞叹与我们今夜对月的赞叹也没有丝毫差别。时光流逝1000余年，而美丽的思想和情感，从古人心里流淌到我们的心里，这难道不是一种令人惊奇的事吗？

　　窗外依然是月华如水，海涛阵阵，我的梦也变得空明而绮丽。

三峡经纬

江流依然滔滔,急浪如奔,漩涡如渊,浪击岸石,訇然有声。

| 雪花睡在枝头

欸乃一声，游艇轻轻地离开白帝城，正是云霞烂漫的清晨，恰应了李白"朝辞白帝彩云间"的意境。峰峦峡谷，江树城郭，如沐如浴，在斑斓的霞光里更显妖娆多姿。江面上、谷壑间弥漫着一抹淡淡的水雾山岚。袅袅，翩翩，冉冉，如梦，如幻。我站在船头，回首望去，仿佛隐约看见白帝高站崖头，风吹白髯，雾裹素衫，频频向我致意，一种伤别，几斛离愁。江鸥飞过，衔一片无语的祝福；晨风吹来，送一叠无声的默祷。只有江涛汩汩，叩打着船舷，发出声声叮咛……

白帝城，枕高峡，俯大江，扼川东门户，"西控巴渝收万壑，东连荆楚压群山"，可谓"一夫当关，万夫莫开"的战略要地。西汉末年，王莽篡权，他手下大将公孙述割据四川，在瞿塘峡设防。防地有一口古井，每天早晨，常有白雾升腾，他视为"白龙献瑞"，动了当皇上的念头，号称"白帝"。三国时代，蜀汉皇帝刘备为了给败走麦城的二弟关羽报仇，不听诸葛亮和群臣的力谏，发兵攻打东吴，结果被吴将陆逊火烧连营七百里，而全军溃没。刘备沉疴不起，驾崩于白帝城，白帝城托孤的故事就发生在这里。

往事如烟，青史几番梦，悲剧更平添了白帝城沉郁的氛围。但是，它毕竟是这三峡山水画卷的扉页，给这浩浩江流、巍巍大峡写了一篇卷首语。翻过这一页，便是瞿塘峡了，只见那峭壁如削，陡崖如戟，直插入霄汉。崖壁皴皱叠叠，古树、野藤、杂花、乱草、飞泉、流瀑，让人产生无限的联想、无穷的思绪。

至于郦道元笔下的三峡："春冬之时，则素湍绿潭，回清倒影，绝巘多生怪柏……林寒涧肃，常有高猿长啸……"这只不过在这三峡山水画卷上打下几句眉批而已，他对夔门这章就没有加以注释。夔者，古代的一种怪兽也。它盘踞大江，危岩高耸，雄峰大嶂，拔地而起，头探碧落，爪抓万古苍云，朝饮晨露，暮餐夕晖，无声地命令长江遵循它的意志东流。然而它却打禅入定，意守丹田，默数着岁月往来，无语人间烦嚣，任凭头顶风吼雷啸，脚下浪击涛涌，闲花野草难以搅乱它的思绪，星月流霞更难撩起诱惑和迷乱。啊，它在思考什么呢？这凝聚雄性的沉静，便是夔门的庄严伟岸。

霞收雾敛，秋阳跃上碧空。两岸睡峰清晰悦目，那青松翠柏，虬蟠苍劲，蓊蓊郁郁，群山万嶂，奇岩怪石，离离齿齿，突兀雄健，给人一种壮阔之感。

江流依然滔滔，急浪如奔，漩涡如渊，浪击岸石，訇然有声。我们的游艇行驶在这苍茫浩流中，犹如漂浮的叶子，涛激浪涌，不时给人一阵阵惶悚，而两岸雄嶂大峦，一页页令人眼花缭乱，一页页繁富、深奥，又使我如痴如醉，奇巍嵯峨的风景线，一种大写意的粗犷勾皴！

"瞿塘迤逦尽，巫峡峥嵘起。"巫峡，这是浩浩三峡最瑰丽、最动人的一章，即使默读千遍万遍，也难诠释它丰赡的文采、深邃的哲理。两岸万峰的攒聚，层叠蜿蜒，群岩蔽日，一线开天。峡壁苍黛如染，轩昂磊落，突兀峥嵘，荒草野蔓，荆棘纵横。历代诗人词客游历三峡，必纵情啸傲，"行到巫山必有诗"。我们的游艇放逐水面，如虫如蚁。不知是江天缩小在米芾的画幅里，还是米芾的长轴悬挂在江天，一片沉郁、壮阔、宏伟、肃穆的气氛扑面而来。

前面就是巫山十二峰了。忽然一片秋云舒卷，雨丝霏霏，烟岚蒙蒙。我不知道那耸入云天的十二位仙女是不是不愿意会见我这远方客人，故意扯一缕云纱遮住娇羞的面靥？也许有难言的隐衷，借这淋漓的雨丝向我倾诉什么？但江峰的故事，我早有所闻。传说大禹治水，遇到困难，西王母的女儿瑶姬带着众姐妹下凡，向大禹赠治水图经。当洪水下去，十二姐妹不愿再回寂寞的天宫，便化为一座座秀丽的山峰，妩媚婀娜的躯体，形态各异，妖娆动人，屹立在大江之岸。

而瑶姬即化为神女峰,为船工导航……几千年来,关于三峡的诗文、传说、故事,怕是长江万里也难载得。

前面不是三闾大夫的故里吗?烟雨迷蒙中,我看见屈原的雕像矗立在岸边,一肩披发,仰天长啸,是吟诵《九歌》,还是放怀《离骚》?两千多年了,你屈原心上的块垒还未倾吐殆尽吗?脚下滔滔激流,可是你绵绵不尽的诗句?那卷卷浪花,可是你怨泪涟涟?你按动着风云的琴键,行采星月的音符;你目览三江楚色,耳纳千里浪语山籁,将一腔忧愤,满腔忠贞,化为声声"天问","挥泪做苍生的霖雨,歌哭成大地的风雷……"

此时,我再回首神女峰,啊,那直插入云天的青峰,莫不是屈原的神笔?他以此校点星月,批注风云,化苍天为尺素,蘸万里江涛,挥洒着千古遗恨!

三闾大夫,你看到那雄峰大嶂了吗?你看到那蓝天白云了吗?山,依旧是战国时代的山;云,依旧是你童年时代的云。然而,楚国苍茫的晚景已化为夜色,消逝在太阳初升的清晨;楚怀王凄凉的黄昏,已变成一抹烟岚,被岁月之风轻轻掠去。千百年来的厮杀、搏击、呐喊、哀嚎、毁誉荣辱都化为浪沫,被滔滔江流卷逝而去。残碑断碣,古墓荒坟,只不过是百代豪杰、帝王将相的一缕遗痕……

巍巍巨峡依然在,浩浩大江依然流。人类的一部历史只不过是这天地奇书的几页插图。

　　前面就是屈原的老乡、一代佳丽王昭君的故居。这位江南少女被汉元帝选入后宫,"数岁,不得见御",常以泪洗面,韶华青春如风雨摇落的桃花,能不令人黯然神伤?当匈奴与汉天子相和,便"愿婿汉氏以自亲",昭君挺身而出,愿当和亲使者。

　　传说,昭君是天上仙女下凡,专为平息匈奴干戈的;

　　传说,她和单于冒雪走到黑水边,只见朔风凛冽,飞沙走石,马队不能前进。这时,昭君下马,弹起她的琵琶,顿时风停雪止,天空彩云缭绕,地上冰雪消融;

　　传说,她有一把金剪,用金剪剪成车马牛犁,于是塞外荒原便牛马成群,犁耕车载,一片繁荣……

　　传说毕竟是传说,这美丽的三峡,既造就了一代啸傲、狂放不羁的诗魂,也哺育了婉娈秀丽的佳人;既有雄嶂大峦的庄严肃穆,又有香溪的温馨明丽;既有滔滔巨浪奔腾不息,又有涓涓细流汩汩不绝。战火与诗情,长剑与惊涛,爱与恨,愁与怨,悲与壮,血与泪……构成了这丰富而痛苦的世界。谁知那风操凛凛的巨峰、那皱褶叠叠的峡壁吞噬了多少故事、人间传奇?这滔滔巨流织进了多少历史断章?古木忘情,顽石无语,只有空寂的江天,草自青,花自艳,云自飞,鸟自鸣……

我们不能下船，掬一捧香溪的流水，寻觅当年浣纱少女的遗迹，撷拾昭君童年的歌声笑语，只好向那潺潺的溪水招一招手，怅然告别而去。

三峡中最长的一峡要数西陵峡了，这中间由十几个大小山峡组装起来，其中有名的是兵书宝剑峡、牛肝马肺峡、灯影峡。游艇入西陵峡，忽然云开日朗。斜阳从云隙里探出笑脸，给峡峰镶上一抹金黄，黛色的峡谷云烟蒸腾，犹如煮沸了一江流水。

斜阳横照，千峰万嶂，像举办模特表演似的，各展英姿：有竞起者，有独拔者，有欲崩压者，有欲危坠者，有横裂者，有直坼者，有凸者，有凹者，辇聚巨石，剑戟森森，齿齿离离，巉矶垒垒，其状难绘，其形难述，其险难测。

而牛肝马肺峡如屏风，雄倚西天，上有山岩若黄牛状，其色赤黄，前有农夫而立。李白曾为其作诗云："三朝上黄牛，三暮行太迟。三朝又三暮，不觉鬓成丝。"李白有点夸张，当年游西陵峡，被崆岭滩所阻，不过三天三夜，便急得头发都白了。然而他并未说假话，长江五大险滩，就有青滩、泄滩、崆岭滩横在西陵峡，能不着急吗？

而今，苍老的牛哞吼不过岁月的长鞭，凿凿蹄痕已被风雨拭去，只有采茶女的歌声载着一片片晚霞飘落在水面。故事已经苍老，传说已经苍老，袅袅的农家炊烟里又升起一节新的传奇……

马肝峡"石壁高绝处，有石下垂如肝，故以名峡。其傍又有狮子岩，岩中有一小石，蹲踞张颐，碧草被之"，跃跃欲奔。最令人深思的是我们山东老乡蜀汉丞相诸葛亮，不知何因将兵书和宝剑藏于此。那兵书宝剑峡青峰凛凛，直插苍天，寒光灼灼。这莫不是一代军师为保蜀汉三分天下而立长剑，阻拦魏军入侵？铁马金戈、涛声万丈的演奏虽已落幕，但华夏大地却依然闪烁着你永远不屈的宝剑光芒！

游艇缓缓而过，三峡已近尾声。这时夜幕已徐徐降临。江涛变暗，也出现了阴阳两面，阳面仍有余光闪烁。航标灯已经亮了，犹如一串省略号，像是表达三峡未完的故事。

这时，月亮已冉冉升起，只见东岸群峰万嶂托起一轮金黄，圆圆的仲秋之月，如玉磬高悬，若有人去敲击一下，可能会发出当当的响声呢！月夜长江更为奇丽壮观，清辉映照，一川流水如琼浆玉液，光斑粼粼，飞金点银。有几只江鸥鸣叫着在月色里勾勒出一道凄迷的弧线……

我立在船头，回首三峡，心潮翻腾。这部山与水的画卷，早在天地浑蒙女娲伏羲时就有了，在周易八卦之前就有了，在金字塔和玛雅文明之前就有了。千百万年来，那峭壁陡峡起伏跌宕的旋律和犬牙交错的大江浪涛的节奏，和谐地阐释着一个伟大的主题：大自然无限的魅力和永恒的生机，蕴含着永远难以破译的人类苦难命运的密码!

这时,我想起一首诗:

> 我的身体里垒满了石头,
> 中华民族的历史有多少沉重,
> 我就有多少重量,
> 中华民族有多少伤口,
> 我就流出过多少血液
> ……………

这位诗人倒是解读了三峡的几句偈语,揭示了这部山水画卷的一点真谛。

山水的童话

这里是大自然鬼斧神工的创构,这里是山、水、林撰写的一部童话。

雪花睡在枝头

这里是大自然鬼斧神工的创构，这里是山、水、林撰写的一部童话。这是宇宙之神为地球古老的书卷绘制的一幅最精美的插图。

我进入这片峡谷最初的感觉是无边无际的惊喜和战栗。这里是海拔3000多米的大峡谷口，远离尘寰，远离滔滔浊世。清、幽、雅、静、奇，我站在峡谷里，只觉得大脑一片空幻，眼睛晕眩。人接受美的极致审阅，同接受崇高一样：会使大脑产生短暂的混沌。眼前是奇峰，或突兀峻拔，或断裂孤峭，满山遍野、铺天盖地、惊心动魄的绿，绿得浓浓稠稠、苍苍郁郁。毕竟已是9月，大树下面的灌木叶已出现了黄、红、褐、黛，油画般地更衬托出层次感，而山顶却是白雪皑皑，玉冠银髻。

水是这里的主旋律，水在这里变化成各种姿态，或飞瀑直下，或静若处子，或潺潺淙淙、如歌如吟，或浪拍参差错裂的岩石，訇然而去，或在那些老树虬髯之间蜿蜒如蛇，飘然如纱，给苍老增添一抹青春的轻佻。

我走进九寨沟，仿佛走进一个童话的世界，走进一种新奇、撼人心魄的巨大生命场。我带着尘世的俗气、人间的污浊，我不知道这生命巨大的磁场是排斥我，还是欢迎我。我只觉得身上的污垢，在一层层剥落。

秋风漾漾，秋波澹澹，细漪轻舒，一片清丽明媚的水，如乐章的余韵袅袅，如艺术家缥缈的构思，水的艺术达到极致，如仙子飘逸的裙裾。山是水之骨，水是山之血，血气充盈，骨骼坚实，构成大自然滂滂沛沛的生机，蓬蓬勃勃的生机。

我感到这里的水简直是倾泻而出，大者数千平方米，小者只有几平方米，倒映着蓝天、白云、绿树和黛色的山峰。

缤纷多姿的水，清冽妩媚的水，婉转流动的水，跳跃奔腾的水，恬静淡泊的水，浪漫多情的水，凄迷哀怨的水，在秋阳下漫忆心事的水，或急急赶路、喧喧闹闹的水。水的灵性，水的智慧，水的多愁善感，水的妖娆，水的千姿百态，令人回肠荡气，眼花缭乱。更令人惊奇的是，这里的水有不同的颜色，同一海子的水彩色纷呈，水中生长着水绵、水藻、水蕨，还长着芦苇、节节草、水灯芯，构成一个水生群落。这些水生群落颜色深浅不同，在含有硫酸钙的湖里，使得同一湖泊呈现蔚蓝、浅绿、绛黄、赭红、灰黑、粉紫，简直把大自然的色彩融汇在一起。秋阳朗照，山风轻拂，泛起彩色的涟漪，像无数个小精灵在舞蹈。一种动态的美，一种魔幻般的美，这是七彩的水，水的神奇的变脸。满目色彩摇曳，满目斑斓荡漾，深橙的黄栌、浅黄的椴叶、绛红的山槐、朱紫的山杏、酡红的野果，背衬苍郁的莽林，可谓七彩迷目。

穿过水与石间的小径缓缓漫步，水声淙淙，浪花喋喋，鸟韵林涛声声传来。风与水的奏鸣，水与石的相搏，发出撕锦裂帛的声韵，悦耳动人。

远山近岭，高耸的悬崖，陡峭的山峰，如点点浮标，组成宏大的星座，星座下便是极其美丽、变幻无穷的风景。更令人感到惊异的是阳光，你无法用语言描绘阳光的作用，阳光用尽七彩光谱，倾泻给所有的空间，山石都染着魔幻的色彩，连柔和湿润的空气都如此浓郁和绚丽迷人。这里是山、木、光、影、树同心协力打造的人间仙境。

九寨沟山水是一部大自然的书卷，也许它的古老更显出自然的本色；也许它的原始，更展示出生生不息的生命的强旺；也许它还没有遭到人类过多的染指，才使这片山水更纯净、更古朴。

长海是水的琉璃世界，枫叶如火，倒映水中，犹如水中仙子，衣袂袅袅，绵绵而来。这里的湖静如禅境，静如幽梦，四周的野花、芳草、山峰、树木，仿佛有点失真，像一种虚幻，白云、蓝天、山影、树影像漂泊的幽魂似的。几株偃伏在湖畔的古树柳杈上缠绕着古藤，古藤垂下来又轻拂水面，划出一圈圈如梦的涟漪，更典型化、更艺术化了神话和童话的背景，使你感到不知是人间仙境，还是天上的御花园！

这里是水晶的世界，内涵丰富，清丽雅致，高古幽玄。我凝视着水，水也凝视着我。我和水对峙，水与山对峙，这短暂的对峙中，一切仿佛遥远，一切都在幻化。我感到自己是一粒来自俗世的微尘，飘落在纯净的世界，深感痛苦和自卑。

人，本是自然的产物。人类却仇恨自然，举起罪恶的斧头砍伐森林，挥动邪恶的刹刀戕灭草原，把人类制造的千万亿吨的垃圾投掷到河流，排泄到湖中，人类对自己的母亲恩将仇报，达到令人发指、怒不可遏的地步：土地沙化，江河污染，山体滑坡，地震频发，洪水泛滥，病毒蔓延，河流干涸，出现了生态迁徙，这实际上是被大自然惩罚得四处逃遁……这是人类的悲剧，是大自然的悲剧。

听着潺潺的流水声，听着萧萧的松涛竹韵，听着啾啾喳喳的鸟语，听着远一声近一声、高一声低一声的兽鸣，一切都那么和谐，那么安谧。我面对着大自然感到羞赧，人类的负罪感吞噬我的心，我的灵魂战栗着，我的精神有着裂变的痛苦。这是一种宿命，人类必定遭到大自然残酷的报复。湖水如镜，照出我的丑恶，也照出我的同类们的丑恶！

　　我坐在海子边，敞开衣襟，任大自然温柔的手抚摸我精神与肉体的累累伤痕、叠叠皱褶。我掬起一捧流水，想用净水洗涮我来自尘世灵魂的斑斑污迹。大大小小、方方圆圆的海子，盛满琼浆玉液，这是山林之魂魄，是日月之精华，是大自然智慧与灵感的杰作，是宇宙之神的经典，如《神曲》，如《诗经》。我聆听着水的旋律，心已陶醉，这是乐章，是山水的语言，是爱的翅膀扑扇的声音，喧哗在诗歌的心房！

　　再往前走，便是诺日朗瀑布。它是从镜湖的堤埂上水柳丛里漫溢出来的。李白赞美的匡庐瀑布有惊心动魄的美，而这里的瀑布给我留下刻骨铭心的记忆。像绢纱？像梦呓？像雾幔？像抒情诗？像月光曲？飘逸、缥缈、朦胧、迷离、轻盈、曼妙，流光溢彩的美，轻灵飞动的美！也许秋日，瀑布失去夏日的狂躁莽撞，节奏纤缓、舒展、平和、肃穆、圣洁、高雅、纯净！

　　　　瀑布迤迤逦逦，袅袅娜娜！
　　　　瀑布幽幽邈邈，清清丽丽！
　　　　瀑布银银白白，素素净净！

雪花睡在枝头

那水不管来自岩石缝隙，或者森林根系，都那么隐忍、躲闪、坎坷、曲折，而且都那么乐观，欢欢腾腾，充满青春的激情、生命的力量。奔腾的悬崖峭壁，哪管深壑巨渊，纵身跃下，生命绽放出最灿烂的花朵，那么绚丽，那么激烈！"霓为衣兮风为马，云之君兮纷纷而来下。"一幅壮伟的大自然景观！

从气韵到气势，气韵的生动、气势的磅礴，给人一种启示：只有哲学家才能揭示这种真正的美，它体现了一种宇宙的和谐、纯粹的审美，人会摆脱世俗的欲求。

写到这里，我不能不讲述一下九寨沟的神话传说，没有神话传说的山水，也就没有打下文化胎记，是荒凉而粗野的。

传说九寨沟是个滴水没有的干旱的山沟，百姓痛苦地挣扎在旱魃的折磨下，苦不堪言。有一天玉皇大帝的使者下凡巡视人间，看到这里禾稼枯焦，牛羊因饥渴而死亡，人们蓬头垢面，因缺水而面黄肌瘦，不觉生起怜悯之情，回到天庭，汇报给玉帝。玉帝大发慈悲，赐给九寨沟百姓一口金钟，只要敲击一下，就雷鸣电闪，大雨如注，驱逐旱魃，降下甘霖。可是这口金钟被一个恶魔盗去，百姓讨还时，恶魔竟提出条件，要将村寨最美的姑娘沃诺色姆送给他做奴仆，沃诺色姆不从，青年达戈得知此事，便毅然同恶魔决斗，经过九天九夜的激战，终于战胜恶魔，夺回金钟。沃诺色姆见到金钟，兴奋不已，喜泪盈盈，连忙举锤敲击，只听"当"的一声，雷鸣电闪，大雨倾盆，九寨沟顿时冒出100个翠湖。沃诺色姆爱上达戈，当即在湖边成婚。各路山神得知，都带上绿树、野花、翠竹、芳草，前来翠海边道贺；各种野兽也前来献歌献舞，以示欢庆。从此，九寨沟才有了碧水、青山、绿树、芳草、鲜花，成了人间仙苑！

这是山水撰写的童话！

人类为了取得大自然的恩赐，为了自身的幸福，总是编织许多瑰丽动人的神话故事，这是人类的情欲和梦幻的展示。

漂浮的土地

这是天籁、地籁、水籁,
是大自然的灵魂的苏醒!

| 雪花睡在枝头

宇宙之神是个缺乏责任感的家伙，或者说性情古怪、粗鲁偏执、神经不正常。他为何把天下的水都集中在江南，却让北国干渴得要死？你看眼前的太湖茫茫复茫茫，洪波涌荡，水天相连，浩瀚、浩渺、恢宏、壮阔，你就是把词典上所有这类词汇全都摞在一块，也难描述太湖气吞九天、囊括万物的神与形！

　　太湖最美的是水。水澄如碧，水上白帆，水下红菱，水边蒹葭苍苍，岸畔柳浪叠叠，水底鱼肥虾壮，而湖中多岛屿，湖周围是起伏连绵的青山，湖光山色，相映成趣。湖中最著名的要算洞庭山，洞庭山又分东山西山，两山对峙，湖水荡荡，青山隐隐，山清水碧，给人一种青春的激情和生命的强旺之感。若是黄昏，一鞭夕阳落水，满湖霞光飞腾，天连水，水连天，天水一色，青的山，红的霞，绿的水，再有水鸟飞栖，涛声鸟韵，那简直是一幅多维的画卷、立体的长轴。

　　如果在太湖赏春，鼋头渚是一绝佳之境。湖山宛如一条起伏的翠龙，举目远眺，万顷银光，波浪闪闪，层峦叠嶂，郁郁葱葱。鼋头渚真如一大鼋之首,突出在碧波之中,坐落在三面环水的半岛上,形成大鼋戏水状。一登上大鼋头,眼前豁然开朗,波浪滚滚而来,惊涛轰鸣不已。这里有巨石隆然,如大牛卧水。你可以站在"牛背"上领略扑面而来的湖风,巍巍然极目远眺;你可以盘膝而坐,尽情品味绿水青山,细细地寻章摘句,发思古之幽情。

鼋头渚听涛历来是太湖之游的一大重头戏。我曾在胶州湾长山岛听过海涛,那万马奔腾之气势,雷霆万钧之磅礴,惊心动魄;我曾在钱塘江观潮,那龙腾虎跃、浪吼海啸之声,摇撼心旌;我也曾在曹孟德的碣石旁以观沧海:"水何澹澹,山岛竦峙……秋风萧瑟,洪波涌起。日月之行,若出其中。星汉灿烂,若出其里。"而鼋头渚听涛却是第一次。站在渚上,纵目驰骋,茫茫太湖,浩浩渺渺,风平浪静,碧波万顷。细浪联翩而至,犹如小提琴协奏曲,声韵细细;浪吻岸台,低声呢喃,又如情人絮语。阵风乍起,湖浪翻腾,湖水仿佛一跃而起,滔滔涌涌,巨浪相击,訇然雷响,仿佛贝多芬《英雄》的乐章。随着风的骤然加剧,巨浪如狮吼虎啸,大浪如山,大地微微战栗起来,狂风裹挟着巨浪一排排一堵堵向岸石拍击而来,那种冲决一切、排斥一切、摧枯拉朽之势,使日月色变,万物觳觫……

这是太湖原始生命力的涌动!这是天籁、地籁、水籁,

| 雪花睡在枝头

是大自然的灵魂的苏醒！

太湖36000顷，苏州占27000顷，太湖72峰，苏州占其58峰。鼋头渚有一景"澄澜堂"，倘若秋高气爽时节登上，可见万顷碧波、千簇鸟影，72峰之冠的马迹山也清晰可见。传说秦始皇南巡会稽时，骑着一匹神马，路过太湖，踏浪来到青嘴山岩旁，突然看见一条青龙跃出水面，神马一惊，便在岩石上践下4个蹄印。此石依山傍水，下面有孔，宛若桥，名谓马迹桥。马迹山也由此得名。马迹山的北面是盘龙湾，传说范蠡和西施在这里生活过，故又名"伴奴湾"。

苏州素有"东方威尼斯"之称，市区内外河道纵横，水多桥多，街坊临河而建，居民依水而居。据资料介绍，市区河道160多千米，较大的纵河六条，较大的横河14条，纵横交织，形成巨大的水网，市区桥梁就有380多座。

吴越位于生态环境非常优越而且原始文化非常发达的江东，但从进入文明社会以来，却步履蹒跚、踯躅不前，远远落后于江北，落后于中原。这原因大概是吴越人把优势变成了劣势。人是环境的产物，人类天生的弱点就是惰性。你想，这里环境优美，鱼米之乡，生活富足，谁还筚路蓝缕地艰苦创业、开拓进取？他们有独特的稻作、养鱼、植桑、织麻技术，又封闭自守，对毗邻的文化信息传递不畅，知之甚少；文化形态又是近亲繁殖，不易产生杂交文化。因此，吴越终未成气候，在历史的舞台上，它只扮演了一个懦弱的角色。在春秋战国风雷激荡、大组合、大分裂的时代，它被楚国一举翦灭，这是必然的趋势。"烟柳画桥，风帘翠幕"，"谁是中州豪杰，借我五湖舟楫，去作钓鱼翁"。这种悲剧也只能发生在吴越人身上，沦为亡国奴，借水垂钓而已。

抱残守缺，封闭自守，在湖边柳浪闻莺啼燕语，在小庭雅轩品茗清谈，在雕花精致、粉墙黛瓦的楼阁里调琴弄瑟、雅歌投壶，生命力能不变得孱弱？

这是一片漂浮在水上的土地。

这是长江母亲孕育、分娩出来的最膏腴、最殷实、最亮丽、最完美、最古老，也最安谧的土地。

走近她，你才会感悟到"江南"这个水漉漉、湿淋淋的词汇的含义，不小心，稍稍一碰就淌出汁水来。

走进她，你才会看到杏花、春雨、江南这六个方块字画出一幅锦山绣水温润秀雅而又扑朔迷离的画卷。

这是水乡泽国。城郭、村镇、巷闾都浮在水上，是水中的盆景，是开放在水中的莲蓬。纵横交织的河流，穿街而过，河岸上是粉墙黛瓦的楼阁，石拱小桥，一弯新月般地架在河面上，打着纸伞的少女从桥上悠悠走过，乌篷船从桥下欸乃而行。石砌的桥墩长满苍褐色的苔藓。有荇藻在水中漂浮。

226　｜雪花睡在枝头

流水潺潺，舟帆点点，往来穿梭，织出一页风韵楚楚的江南。

苏州是江南的经典。

走进苏州，我忽然想起一句诗："时间把我折叠得太久，我挣扎着打开，让你读我。"

吴越之争，最后双双被楚国吞灭，使人想起了"鹬蚌相争，渔翁得利"的典故。

苏州2500年的历史，世上什么风云没经历过？什么酸甜苦辣没饱尝过？壮怀激烈的战歌，金戈铁马的豪歌，腥风血雨的悲歌，死亡阴影笼罩的哀歌，大运河浪涛的幻灭和涅槃交织的一曲壮歌……都奏响在这片土地上。苏州是富饶的，不是钱财而是土地。土地肥沃，草木葱茏繁茂；高大的乔木，富有争夺天空的欲望；草叶肥厚，色相饱满，一片盎然生机。"江山如此多娇，引无数英雄竞折腰。"所以，3000年来，这片土地，被马蹄一遍遍踏过，被战火一遍遍烧过，被鲜血一层层染过，你用手随便一拨拉，就会发现不知是哪个王朝、哪个民族的遗骨。

走进苏州，你会感到仿佛走进梦里、幻里、诗里、画里。千百年来，长江下游的淮阴、扬州、镇江、常州、无锡、苏州、嘉兴，均以物阜民丰而著称于世。而苏州又为其中之最。

这里风光如画，人文荟萃，厚厚重重的几千年历史，动荡起伏的几千年风雨，几千年的日月精华孕育出多少才高八

| 雪花睡在枝头

斗、名冠华夏的风流俊杰。

天地间弥漫着一种"气"。北方的原野浩气、雄气、大气、刚烈之气；南国的锦山秀水氤氲着一种灵气、秀气、才气，因而也滋生了一种"情"——浓郁的诗情，典丽的爱情，吴侬软语里透出的一种水乡雾蒙蒙、湿漉漉的温情。缠缠绵绵，丝丝缕缕，缱绻悱恻，剪不断，理还乱，说不清、道不明的一种情愫弥漫在山水间。《白蛇传》《桃花扇》，《三笑》里的唐伯虎点秋香，《红楼梦》中的宝黛之恋，这些经典的爱情故事只会发生在江南。

苏州是适合谈情说爱的地方。

你想，撑一把雨伞，伞下温謐的一角，不是谈情说爱的地方吗？即使把一缕湿淋淋的长发交给一天淅淅沥沥的春雨，手拉着手，跑过小桥，跑过小巷，那也是爱的浪漫，爱的风雅！

在苏州你很难听到粗野的吆喝声、凶戾的叱责声、粗暴的詈骂声。人说宁愿听苏州人吵架，不愿听宁波人谈话。即使吵架，苏州人的话语也是甜甜的、湿湿的，富有节奏感、韵律感，那话语怕是经过雨水的滋润，变得柔软，甚至还带着一种雨后草木萌发的馨香味。

倘若你坐在一苇小船上，橹桨的欸乃声，伴奏着浪花的唰唰声，浪击岸石的撕锦裂帛的窸窣声，犹如一支摇篮曲，

229

使你欲睡欲眠。船娘哼出一支小曲，袅袅娜娜，雨烟一般缥缈，月色一般明丽，你会感觉如饮醇醪，如沐春风。到码头了，那船娘解缆靠岸，下锚，一切动作都要优雅、干净、利落。走遍吴越，条条小河，道道溪流，涓涓涌泉，明丽清亮，江南真是一首首婉约的花间词。

岸上嫩枝葳蕤，新荷摇翠。水榭楼阁，粉墙黛瓦，倒映水中，恰如一幅幅水墨画卷；是烟波水云，溪岸无尽，"小屏古画岸低平"的意境。风初苒苒，覆岸离离，绿杨荫里，细柳丛中，红蓼白苹间，襟迎菰叶雨，袖拂荷花风，烟月竹影，"小山重叠金明灭"，真是一片诗天画地。

苏州和扬州一样，得到了历代骚客文人的青睐，固然因为这里是人间天堂，风流佳丽之地，丝弦歌舞之乡，更重要的是这里的静谧，这里的风景幽雅，这里的宁馨。宁静以致远，怎能不让你妙思如泉？所谓触景生情，没有景哪来的情？文学艺术都是性情之物，没有情也就没有诗，没有画。何况这些文人来苏州时并非个个都是春风得意、官运亨通、倜傥风流之辈，不少是官场上的落魄书生。他们看不惯燕雀处堂，宵小得志，因此仕途蹇涩，败下阵来，于是跑到苏州，购房置屋。在这里可以休憩，借这里一脉清波，洗去官场带来的满身尘埃；借这里一缕温柔的清风，熨平心灵的皱褶。

那幽幽小巷，那古老高大的樟树，那紫藤缠绕的粉墙，那和风细雨的吴侬软语，那碧波澹澹的流水，的确让人心舒气畅，再浮躁的心境也会安静下来，再怫郁的情绪也会舒散开来。在这里选择一座临水的小楼，楼后是一方小巧精致的花园，假山真水，蒲荷藤萝，闲来谈诗说剑，兴至操觚，树下品茗，轩窗听雨，真是洞天福地，神仙也歆羡啊！

苏州夹在"十里洋场"的上海和"六朝金粉"的金陵之间，既非风云变幻的政治中心，也非纸醉金迷、声色犬马的聚焦之地，这里正是政治和经济的后花园，是一片没有喧嚣、没有肮脏的精神净土。

苏州虽然不能领时风之先，但它有山水胜迹，宁馨、平和、安谧。无论你在官场厮杀得伤痕累累，还是在商场拼搏得汗流浃背、精疲力竭，到这里养精蓄锐也好，修身养性也好，或充充电，读读书，或养老退隐也好。别处再也难找到如此恬适的地方。

苏州的水乡古镇最富代表性的是同里和周庄。周庄有900多年的历史，由于"镇为泽国，四面环水，咫尺往来，皆须舟楫"的独特自然环境，形成了典型的江南水乡风貌。河湖阻隔，也使它避开了历代兵燹战乱，至今仍完整地保存着原有的水镇建筑及其独特的局面。

在水的世界，浮在水上的小镇，屋舍临水，鳞次栉比，藤蔓在水巷里摇曳，屋檐下搭一根晾衣竹竿，挑起一片五彩缤纷。时而有一只吊桶从窗口扑通一声入水，吊起满满一桶清水，淋淋滴滴。石拱桥下，绿得像碧玉似的河水，潺湲流去；小船欸乃声中，运来鱼虾螃蟹、菱角鲜藕，泊在桥洞边，楼上的人使用绳子吊下竹篮，与之交易……这画面，这情景，使人想起"吴树依依吴水流，吴中舟楫好夷游"的诗句来。

这里的一切都诗化了、艺术化了。楼阁、花园、小巷、石桥，都富有诗性之美，碧水泱泱，绿树掩映，粉墙黛瓦，雕梁画栋，到处飞扬着艺术的灵感。即使嵌在水巷墙壁上的缆船石，竟也是一块块花岗石浮雕，姿态各异。有的琢成怪兽，有的是鲤鱼腾跳，有的是二龙戏珠，造型洗练生动，线条疏密有致，仅仅是几块圆形的或不规则形状的石头，便构成有生命、有灵性、有魅力的艺术品，显示出一种凝重、古朴的美，引起你丰富的想象。

桥最能体现古镇神韵，一拱石桥，弯弯地架在两岸，像虹、像月、像河流弯弯的眉，玲珑、秀气、雅致。仿佛那桥并非为行人而架，而是河流不可缺少的装饰品，河流玉臂上的一只银镯。桥墩是大理石，桥身也是大理石，有单孔、双孔、多孔。栏杆上雕刻兽头，雕工精细，栩栩如生，堪称一绝。两岸古宅老屋，灯影摇曳，如有撩人的古琴，添香的红袖，那可是一曲《红楼梦》了。

很多石桥经千年风雨,虽显苍老,却依然坚固。桥墩下青石苔藓,厚茸茸的,桥面屐痕斑驳。谁知道石桥承载了多少沧桑,记录了人间几多风云?桥下流水涓涓,带去了多少岁月?

同里有一座小桥名叫渡船桥,两侧的石头上各有一副对联,南侧:"一线晴光通越水,半帆寒影带吴歌。"北侧:"春入船唇流水绿,人归渡口夕阳红。"据说这桥便是古代吴国和越国的分界处,是一座"界桥"。站在桥头环顾,油然升起一种历史沧桑感、时空的苍凉感。

苏州也被称为"园林之城"。其实,苏州整个城市就是一座园林,且不说青石铺路的市井小巷,家家小院,粉墙黛瓦,排列有序,既有章法,也不拥挤。院子里是花、草、树,雨水多,花期也长,此花凋零彼花开,一阵阵香雾馨风从小院漫过飘过,整个街道都氤氲在一片浓郁的馥香里。

苏州的园林小巧玲珑,晶莹幽美,不像北方的园林旷朗、富丽,气势宏伟。它的格局小,咫尺之间却步步是景。堆叠的假山有真山之气势,微风拂水,其姿生动;曲径回廊,匾额碑刻,以情造景,以景寓情,情景交融。亭台楼阁、树木花卉、假山水池,这是苏州园林的"三大件",辅以回廊、小桥、园路,构成了巧夺天工的景观。文人画家再将诗情画意融入园林，形成立体的画，凝固的诗。

明朝有一个官吏叫王献臣，因与权贵不合，退隐归乡，建了一座园林叫"拙政园"，拙政园——拙政者的自嘲。王献臣大概不适于诡波谲涛的官场生涯，不适于尔虞我诈的生存斗争。于是败下阵来，回归故里，建园盖屋，闭门返思。拙政园和宋代的沧浪亭、元代的狮子林、清代的网师园一样，都是苏州的名园。

也许天性使然，人类追求居住环境的优美。远在古希腊迈锡尼时期，希腊人就喜欢在住宅周围精心建设花园；古庞贝城住宅的壁画，显示出花园在希腊人生活中占有的重要地位。

我们需要荒野

崇拜自然,荒野是原始朴素的文明,是生命的基因库,是生物的伊甸园。

雪花睡在枝头

近来读2004年诺贝尔文学奖得主奥地利女作家耶利内克的《啊，荒野》，颇有所感。这是由3个中篇小说组合的1部长篇，又是3部长篇散文的组装——《外面的日子：诗篇》《内昼：不是讲故事》《外夜：精彩的散文》。这部小说是以青年伐木工的悲惨命运为潜在线索，揭露了那些阴险、伪善、自私的政客和大资本家的嘴脸，咒骂那些利用"自然保护主义者"的恶劣行径，强调要保护不是人化的自然，而是原初的荒野，令人敬畏的自然状态。许多书评家称之为杰出的散文，作者是位语言艺术家。

耶利内克特立独行，思想前卫，艺术创新，以敢于直面现实、抨击弊端、洞烛人类男女间的复杂异样的感情而著称。

《啊，荒野》这部作品采用了诗化和独白式的语言，书写没有完整和清晰的故事情节，甚至连主人公也懒得命名，是一部长长的散文。

作品的背景是阿尔卑斯山。我在德国旅游时，阿尔卑斯山的峰峦、谷壑、森林、草场、湖泊、河流，是那么美丽。

原始的自然，原始的生态风景，连空气都似乎是原始的。山毛榉疯狂无羁地朝天生长，藤萝和荆棘肆无忌惮地蔓延，野草葳葳蕤蕤炫耀着生命的强旺，野花也恣肆任性地开放。那波澜壮阔、大气磅礴的黑森林简直是一部生命的史诗，是贝多芬千万曲《英雄》的乐章！

作者说：

> 艺术是多么恶劣和卑微，它完全不顾人们的感受，脱离真实的原则，按照虚假的模式制造出违背人性、令人作呕的垃圾品。自然作为艺术的创作对象被搜集到诗里，一种可悲的结局，就像躺在垦荒官员的斧子下，舔舐自然，从自然身上牟利的太多。

那些大资本家、政客和上流社会不仅鱼肉百姓，还变本加厉地鱼肉自然。

她写道，"大自然的儿子们，在猎人的枪声中摸爬滚打，他们的内脏血淋淋"，"一具死婴从新娘子的体内落下"，"狐崽子翻着跟头滚下山谷，鹿的角质头部堆满猎场主人的沟谷……被砍伐的树木东倒西歪，横陈狼藉"。

人类在强暴大自然，是以最文明的形式。人类文明越发展，自然的独立性越退化、萎缩，人造物越来越多，在我们现实生活中几乎看不到自然的影子了。以自然物为主体的美丽意境已不复存在。人造物是发明之物。我们的生活用品，取自自然，又异化了自然，强暴了自然。它可分解、组装，可以无限地复制，电视、电脑、手机、桌椅、书橱、茶几、沙发……基本失去了自然属性。

耶利内克呼唤人们要保护荒野，"保护自然，保护那些不属于人类的领域"。在她笔下，也出现美丽画面：阿尔卑斯山峡谷中，小河旁，有迷人的草地，河里有小鱼在畅游，不时看到一窝野鸭，它们是洁净的，生活是幸福的、安详的，没有病态。宽阔的湖水闪烁着北国的冷蓝，晴朗的天空是浓郁璀璨的湛蓝，连空气都泛着洁净的浅蓝，清新得令肺腑感到陌生。有几株高大的橡树，横逸的枝杈，为周围的樱桃树、李树提供着保护；紫色的葡萄藤，以优雅的姿态悬挂在大树上，树下是五颜六色、大大小小的野花，鸢尾兰、矢车菊，迷人的太阳花，百合花亭亭玉立，紫罗兰摇曳着醉人的微笑；野鹿自由地跑来跑去，枝头的鸟自由地蹦来蹦去，唱着它们自己喜欢的歌……遗憾的是远处电锯的声音正撞击着林涛声，一片的树木应声倒下……

据有关资料统计，现在地球上有90%的地面是"人类的大自然"，土地已被人类耕耘和翻腾，只剩下不足10%的地面，这是大自然的"封印之作"，不曾被染指。这大概是北极

雪花睡在枝头

和南极，还有地球第三极喜马拉雅山的部分群山深壑，没有出现人类的足迹。凡经过人类艺术加工的自然是不属于野性的、更草根、更真实的自然。

我们要保护荒野，因为荒野是人类的空间，是使那些背负行囊的旅行者失去自我，使那些感受到压力的城市居民找到自我的空间。随着人口按几何级数的增长，人类的生存空间变得越来越小，在我们这颗星球上，似乎已经再也找不到人类未曾涉足的地方。江河污染，土地沙化，资源枯竭，原始森林急剧缩小，荒原和湿地急剧地消逝，有的城市连泥土都找不到了，除了水泥、沥青铺设的地面，便是楼房了，人们看到的花园、草地、树木，都艺术化了，人类按照自己的审美观点进行了艺术加工，除草机、电推子、电锯、油锯，成为雕刻大自然的工具。

有资料显示，北极熊较之30年前体重减了100磅，且不说数量和种群的急剧减少，连海岸的浮游生物也减少了70%。飓风、雷暴、雾霾、大雷雨等极端天气，遍及全球——这是我们自己在惩罚自己。

消费主义已成为人类生存的常态，是最强有力的意识形态，地球上已经没有任何一个地方，能够逃脱我们良好生活的愿望的魔法。要阻止地球变暖已经为时过晚了，尽管国际组织一次次召开峰会，要改变地球环境，保护人类唯一的家园。结果呢？出现可怕的"反馈循环圈"——气温升高引起气候改变，气候的改变又使气温升高。据资料显示，北半球春天到来的时间比 20 年前早了一个星期，季节的节奏正在被打乱。一辆普通轿车每年释放的二氧化碳，相当于自身的重量，地球能不变暖吗？雾霾天气能改变吗？热带雨林在消失，物种在急剧地减少。

　　人类应该有荒野意识，保持对荒野的向往，对于那些从没有被人们破坏的地方的向往。

　　荒野是人类远祖的栖息之所，或者出生地。人类是忘本的动物，他们不允许荒野的存在，一度因饥饿开垦了小片荒野，这就是毁灭人类的原始产床，视荒野为天敌，不断地垦殖、铲除、毁灭。我们需要野性的自然，就像保护濒危动植物一样，"野性似乎有显得混乱，从而影响自然历史成就的危险，但这最后的荒野，恰恰增强了自然历史的成就"（霍尔姆斯·罗尔斯顿语）。

　　崇拜自然，荒野是原始朴素的文明，是生命的基因库，是生物的伊甸园，那是一幅多么生机勃勃、粗犷、野蛮而又美丽的画卷！我们这个世界需要荒野，否则自然将走向终结，人类的悲剧也就频频上演了。

　　人类与自然的诀别，而出现了"人造自然"。

　　10 年前我们小区的对面是一片荒山野岭，杂草荆棘，林木森然，沟壑纵横，溪流淙淙，闲暇时我时常沿着山径散步，经常碰见刺猬、野兔，还有狐狸和蛇，至于蜂蝶乱舞，虫鸣蛩吟，山泉溪水，更是司空见惯，那山是野性的，很自然的。10年后，这是一片繁华的市区，高楼林立，人烟稠密，虽然街道井然，林木荫翳，也有喷泉、水池、花圃、绿茵，但那是人工的自然，是艺术化的自然，荒野、溪水、刺猬、野兔不见了，连只黄蜂也无影无踪了。楼前楼后、街道上挤满了汽车，地下室车位价格高达十几万、20万，但车位杯水车薪，仍跟不上车辆翻番地增长，一到晚上，汽车挤满街道，街道成了停车场。

尽管环境很优美，但是空气不那么清新了；尽管也有花香，但不那么馥郁、纯正了；尽管鸟还在其间飞翔，但没有那么自由了，一切都发生了改变。原来荒野很静，现在是一片芜杂和繁华，人潮车浪，喧嚣市廛之声震耳欲聋。

美国科学家比尔·麦克基说，"我们已经迈进自然界巨变的门槛：我们生活在自然将要终结的时刻"，"这种变化与战争不同，但却比战争来得更加强大和猛烈"，"我们将失去那永恒的自然和独立的自然"。没有二氧化碳，地球将像火星一样阴冷，而无生命；二氧化碳超量排放，又会给人类制造种种灾难。现代的旅游业很发达，你到国内、国外长途和短程旅游，到处是美丽的景观，但看不到真正的自然，你不会产生置身于荒野的感觉，倒会感到天空不像天空那样蓝，水不像水那样清澈，空气不像空气那样清新。你永远看不到真正的自然的河流，都不是野生的、原始的自然，连气温都是合成的，春夏秋冬的界限正在模糊，它们将被另一种春夏秋冬取代。

我不知道这是文明战胜了野蛮，是文明的胜利吗？我附近的山野还在开发，挖掘机将一铲铲泥土装上汽车，不知运到何方，泥土也要漂泊、流浪吗？一台推土机把刺猬的肉体轧成平平的，昆虫肥壮而饱满的蛹被拦腰切割，白色的血肉变成浆糊状的液体，一条蛇失去头，长长的躯体痉挛般曲张着。山野上的一切都被追逐，被改造。推土机前面的荒山野岭在瑟瑟发抖，推土机的身后将是一幢幢大楼拔地生长。不久，穿着蓝色工装的物业管理员会用小铁锤钉上带有编号的铝合金门牌：X号楼X单元X室。

沥青路下面有植物的根，那是草木之魂，它们无论怎么顽强地挣扎，命运注定了悲剧，永无出头之日。耶内利克在作品尾声悲叹道："森林，你这亲爱的森林！陡然被脱光叶子的森林！"并幻想"要是森林也能跟绿绿的、密实地闪烁着的防弹玻璃一样，那该多好啊！"

愿人类存有荒野意识，愿荒野也穿上防弹衣。

佛罗伦萨
郊外的山居

山间是生命的乐园,枝头是鸟雀的家,池塘是水的家,山洼是风的家。

| 雪花睡在枝头

萌萌：

我不知道你是否读过徐志摩的《翡冷翠山居闲话》，这是一篇很著名的美文。翡冷翠，现在通译为"佛罗伦萨"，位于意大利的中部。徐志摩妙笔生花，描写了他在佛罗伦萨郊外山居的情景：

在这里出门散步去……足够你性灵的迷醉。阳光正好暖和，决不过暖；风息是温驯的，而且往往因为他是从繁花的山林里吹度过来，他带来一股幽远的淡香，连着一息滋润的水气，摩挲着你的颜面，轻绕着你的肩腰，就这单纯的呼吸已是无穷的愉快；空气总是明净的，近谷内不生烟，远山上不起霭，那美秀风景的全部正像画片似的展露在你的眼前，供你闲暇的鉴赏。

徐志摩是个浪漫主义诗人，不管什么东西、什么地方，到他笔下都像诗一样美，一样动人。他1925年旅游来到佛罗伦萨时究竟住在哪个山庄，现在很难考究，也难寻找了。而今我们离开喧嚣热闹的佛罗伦萨市区，也去郊区山庄享受山居的滋味了。

大巴司机轻车熟路，沿着并不宽阔但很光洁的公路向山野驶去，车轮在沥青路面发出轻快的沙沙声，窗外的风景如画一般，一页页翻去。意大利的天空湛蓝湛蓝，云洁白洁白，5月的风温柔得让人心醉，起伏跌宕的丘陵、山野一片翠绿苍碧，看不见劳作的农人，看不见工作的农机，山野很静。

车行1个多小时，我们的大巴开始向山路上爬行，路两旁尽是高大的乔木，有桉树、槭树、椴树，更多的是冷杉、雪杉、山毛榉，粗野蛮横，枝杈勾连，遮住了山路，光线变得幽暗，树枝擦着车窗，不时发出刺刺啦啦的声响，挺骇人的。车行半个多小时，天空豁然开朗，只见几幢别墅悠闲地坐落在山头，红瓦、白墙，像童话里的房子，美丽而神秘。

导游说今晚我们就住在这里啦。

这不是古城堡，是现代化别墅，一切装饰都很现代。

这山庄旅馆蛮豪华的，不亚于城里的"四星级"。窗外是一个偌大的花园，正是孟夏时节，花园里莺飞草长，草木葱茏，一片勃勃生机，花开得喧喧嚣嚣，蜂蝶舞得热热闹闹。花园的东面是蜿蜒的山麓，山麓是大片的茂密的树林，树木高大伟岸，那是山毛榉——这是遍布欧洲、在中国却是极其罕见的树种，它们是树中的"巨人"，高达五六十米，有十七八层楼高，树身笔直，拼命向天空生长，树冠不庞大，形成团抱状，紧凑顽强。花园旁还有一条小溪，像一条丝绸飘带袅袅娜娜遗落在草地上，岸边杨柳婆娑，好一幅中国水墨风景。

小楼分3层，我们的房间是208。欧洲人干什么都认真，把底层作为"零层"，208实际上是"308"。阳台宽大，不封闭，摆着很雅致的桌椅，可以品茗、聊天，也可以玩牌，更多的用途是观赏风景。阳光和空气都很友好，清新鲜美。

房间优雅、洁净，木质地板，不上漆，原色，还散发着树木的芬芳，淡绿色的窗纱给人一种青春的气息。雪白的粉壁上挂着两幅油画：一幅画着一个肥胖的罗马女人和一只花瓶，据说是临摹某名画家的作品；另一幅画着一只大公鸡，没有背景。雄鸡气宇轩昂，高昂着头颅，翘着雄性的尾巴，鸡冠火红，像一面旗帜，潇洒而勇猛。这使我想起一幅英国的漫画："高卢雄鸡"将爪子伸进沙漠海滩，从安的列斯群岛到太平洋，包括非洲的广阔领地在内，都将其化为自己的殖民地。这幅漫画是讽刺法兰西的野心勃勃，当年法国甚至将远东也划入自己的势力范围。

我想这房东祖籍可能是法国。法国的国鸟就是雄鸡。法国人说公鸡能报时，他们也喜欢公鸡勇敢、顽强的性格。直到今天大家还用"高卢鸡"来代表法国,犹如用"约翰牛"称呼英国一样。

果然不假,安顿好后,我们通过导游小张和"老板娘"聊起天来。这老太太身材高大、健美、富态而文雅,肯定是个知识妇女,年轻时准是个美女——法国女郎。老太太说,她不是这房子的主人,她在给女儿帮工。女儿嫁给了意大利某大学教授,住在佛罗伦萨市区。老太太说,她今年72岁,退休前是中学校长。她有3个女儿,这是小女儿的家。他们原籍是法国巴黎,和巴尔扎克、莫泊桑是老乡。她说很喜欢中国,她去过中国3次,参观过故宫、长城,上过八达岭,还见过长江、黄河,还到过西安,参观过兵马俑。中国和古罗马、古希腊一样,有着辉煌的古代文明。

走廊里也挂满画框,不大,很精致。意大利是文艺复兴之源,这里依然散发着古老的艺术气息,有现代风格的油画、水粉画、乡村素描,看得出主人是多么热爱艺术,也透露出主人细腻、丰富的感情。

吃罢晚饭,太阳还未落山,我们三五成群散步在山坡上、庭院里。这哪里是山?是一片高埠,连丘陵也算不上,却很适宜人居。

落日沉溺在云海里,眼前是一片奇异的景观,那云彩十分罕见,不是玫瑰红,不是菊花黄,也不是葡萄紫,是黛蓝、墨蓝，蓝中透红，红中泛蓝，斑斑驳驳，苍苍茫茫，半个天空都布满这种忧郁的色彩、诡谲的色彩，厚厚的云层的罅隙中偶尔露出一缕猩红，鲜血一样骇人，太阳就在云层里挣扎、沉浮。在很远的地方就是海——亚得里亚海，也许茫茫的大海和天空粘连在一起，海天难辨。那变幻的云似城堡、似岛屿、似奔腾的千军万马的方阵，古罗马的历史又复制在今日的天空？这是大自然的画卷，天地间的奇景。

这是属于阿尔诺河谷丘陵地带。放眼望去，山坡连接着广袤的田野，是坦荡的平原，田野是一片葱茏的绿，茂茂腾腾的绿，大地炫耀着青春的激情和强旺的生命力。

我在庭院中散步，原来这山顶是一方偌大的平坝。平坝上有草地、花园、树林，还有游泳池、停车场，还有很大的露天的餐厅。这家山庄宾馆不仅可接待三五个像我们这样的旅游团，接纳数百人的会议也游刃有余。

这里风景柔和细腻，风很柔软，5月的黄昏很迷人。小花园里绽放着五颜六色的鲜花，蜜蜂忙个不停，蝴蝶是拈花惹草的浮浪弟子，一会儿也不安稳。我历来不喜欢蝴蝶，它们不能承受生命之重，一生无所事事，也终未成事。徜徉在大自然里，你可尽情在草地上打滚，尽情想象，仰望天空。它会唤起你的童心，点燃你已经熄灭的青春激情，满目清新，满怀情感。一片叶子的舒展，一朵花儿的绽萼，一声声虫吟鸟鸣，连一缕轻轻的风，那都是生命的叹息，是大自然的脉动。从这里可以获得心灵休憩的清净和精神的乌托邦。

夕阳在树叶的婆娑中颤动，风从树隙里跑出来，挑逗着花草，摇头晃脑，喧哗起来，这时你才蓦然憬悟，人是大自然的一部分，人就是自然，在这里一切都是平等的、自由的。花自开，草自长，虫自吟，鸟自唱。山间是生命的乐园，枝头是鸟雀的家，池塘是水的家，山洼是风的家。人不懂鸟语，莺燕自然也听不懂人语，正如我们听不懂意大利语，意大利人也多不懂汉语一样。但人类的感情是可以沟通的，同样，人类也可以与鸟类禽兽沟通。

意大利山水的清丽与温柔，是天生优美的文艺产地。文艺复兴时期艺术家们的画笔却很少触及自然风景，他们的作品看不到花草树木、飞鸟走兽、河流山川，连蓝天白云也很少见。他们的文艺复兴，只有一个目的，发掘古代希腊、罗马以及拜占庭的古典文化，研究古希腊、古罗马的朴素唯物主义思想，追求科学精神，导致人们对中世纪神学的全面怀疑，呼唤人文主义的觉醒。米开朗琪罗、达·芬奇、拉斐尔、提香、丁托列托、乔尔乔涅等一大批画家、雕塑家，他们的作品，多为裸体女人、丰乳肥臀的妇女、威武有力的男子、跃马扬戈的武士，再就是厮杀搏击惨死的战争画卷，而以《圣经》为题材的宗教艺术铺天盖地弥漫了整个欧洲，作为人类赖以生存的大自然,几乎被遗忘了。他们除了绘画、雕塑,还兼任建筑设计,于是巴洛克式、哥特式、洛可可式、文艺复兴式的建筑物,包括教堂、修道院、城堡,风起云涌般地出现在欧洲大地。艺术家聚精会神、孜孜不倦地在廊柱、尖券上雕刻、描摹、绘饰,充满了细腻、精致的美感。

诗意的放肆,艺术的自由,精神的解放,犹如中国的建安时代,虽然满世界战火纷飞,却出现了文学艺术的觉醒,精神的解放。

而欧洲直到18世纪末至19世纪,才出现"面对自然,对景写生"的艺术家。大自然以极其生动的风貌,千万姿态展示在艺术家的画布上。

暮色苍茫了,落日已经沉沦。我们回到客房。

第二天我醒得很早,是被窗外的鸟鸣叫醒的。初夏的早晨,亚得里亚海湿润的海风,微微吹来,清爽宜人,空气鲜冽得让人惊异。山谷因野香味而旷大静寂,树林里的鸟叫很远很远。贴近山冈的小径深入树林,高大的橡树、粗壮的椴树、亭亭的冷杉,叶子浓密、黝黑,注进了晨光,色彩渐渐变得明快,充满了艺术的美感。潮湿的树身、树干闪着银灰色的光。树下是闪烁着露珠的草坪,草坪上开放着蓝紫色的小花,一层层、一簇簇,你独独地观赏时,会感到"绚烂了时光,净化了岁月"。蓝紫色处于蓝色和紫色之间,有着紫色的神秘和高贵,也有着蓝色的忧郁和冷静。它是一种成熟的颜色,能抚平内心的浮躁。所以,当你迷茫、困惑、焦灼不安时,就去寻找蓝紫色的花儿吧。啊,这不是大名鼎鼎的鸢尾兰吗?——那是怎样的悦目的蓝,像天空、像湖水,像欧洲姑娘眸子一样鲜艳的宝石蓝。鸢尾兰又是法兰西的国花,花朵大而美,像起舞的彩蝶,又似翩翩起飞的群鸟。法国人用鸢尾兰表示光明和自由,象征着纯洁和庄严。还有一种花名叫"天蓝韭",拥抱蓝天的小花,有蓝天一样迷人的颜色,它含蓄、深沉,总是低头绽放在灿烂的阳光下,置身于晨光下的幽林小径,醉人的草木气息,沁人心脾。

此时此刻,我只觉得我的躯壳融化在美的洪流里,灵魂穿枝拂叶地自由自在地飞翔。如此恬静、明媚、优雅,是我平生罕有的感觉。

我们一行出国旅游,来也匆匆,去也匆匆,意大利的山水再优美,佛罗伦萨的古代文明再璀璨,谁又不是在困顿中寻找人生的出口?红尘世界,多少烦恼和纠缠,谁不想心境像诗一样的静谧和优雅?在生命册页上写出云一样的自由和潇洒?

迷失在俄罗斯风景画里

波光、云影、树色,似真似幻,似幻似真,我迷失在俄罗斯醉人的风景画里。

| 雪花睡在枝头

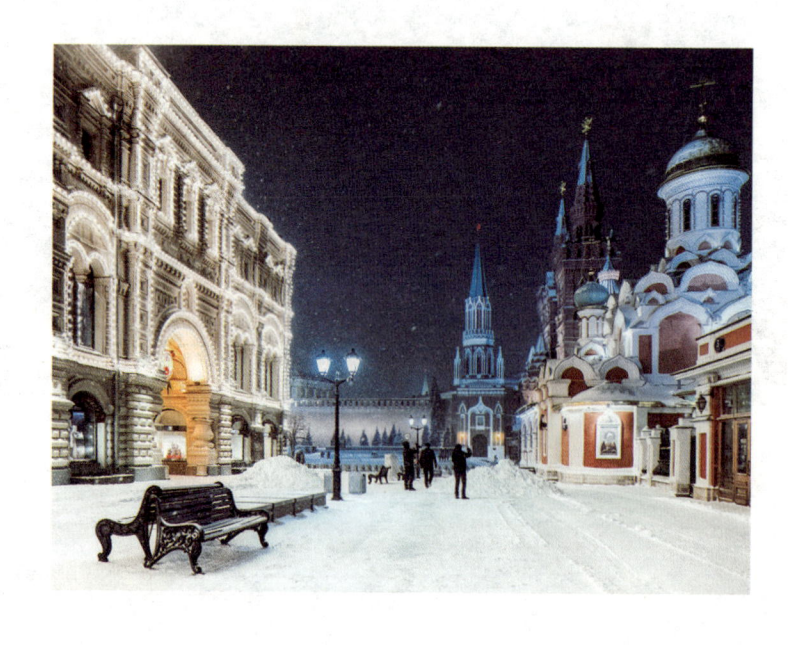

俄罗斯巡回展览画派

那光与色，波光、云影、树色，似真似幻，似幻似真，我迷失在俄罗斯醉人的风景画里。古典的芬芳，浪漫的情韵，俄罗斯人性格的粗犷、豪放，情感的细腻、热烈，艺术的雅丽、真实——这是莫斯科美术馆留给我最深刻的印象。

莫斯科美术馆原是一位大商人的私人藏画馆，他建了一座画廊，展出自己收藏的绘画作品，免费对外开放。这就是著名的"特列恰科夫画廊"，后来被签署为"国家博物馆"。这里有19世纪70年代巡回画派的作品。一个国家的风貌是由文化风貌决定的，文化风貌是由文学艺术、建筑、绘画、音乐和诗组合而成的。

俄罗斯人充满浪漫主义，浪漫主义者又都是自然主义者，热爱大自然，对俄罗斯大地的热爱是一种天生的情感。19世纪末至20世纪初，俄罗斯画坛出现风景画的狂潮。他们对风景画的创作有了突飞猛进的发展，他们走出学院的象牙塔，回到大自然中去寻找艺术的命题，寻找灵魂的栖所和对未来的眺望，一幅幅名画杰作、传世之作蜂拥而来，形成一个流派——巡回展览画派。画布上出现景色秀美的田园风光、苍郁的森林、翠绿的田野、疏离的房舍、弯弯的田间小径、古老的磨坊、高高的圆顶教堂、水光潋滟的湖泊、潺湲流淌的溪水、整洁的白桦林、云影变幻的远天，那光影、那色彩、那情韵，很诗意，很有画感，还略带淡淡的忧郁和哀伤。他们的代表人物是萨夫拉索夫、希施金、库因芝、波列诺夫、列维坦、涅斯且洛夫，以及后来受到印象派影响的柯罗文。欣赏这些画家的名作，使人想起果戈理、屠格涅夫、陀思妥耶夫斯基、涅克拉索夫、契诃夫等文学作品中对自然的描写，大自然是作家、艺术家取之不尽、用之不竭的题材资源，是产生大作家、大艺术家的丰厚沃土。自然是精神之象征，既影响着文学家，也影响着艺术家，是文学和艺术经久不衰的主题。俄罗斯文学的"黄金时代"催生了巡回画派的出现。文学和艺术是这个时代的"龙凤胎"。

当今社会人们的视野越来越集中在混凝土浇筑的钢铁森林、写字楼格子间，窗台成了远方的风景，晨不见朝阳，夕不见落日与自然的疏离、隔膜、淡化，成了人与社会的现实。欣赏这些风景画，使你感到画家以血肉之躯拥抱大地，拥抱自然，每一幅画都流淌着深情。

萨夫拉索夫——风景画的拓荒者

萨夫拉索夫是俄罗斯风景画之父,是俄罗斯现实主义风景画的奠基者。

风景画家都是大自然之子,以写实的方式描绘作者由文明世界走向自然环境的那种身心体验,"文化的完美不是反抗而是宁静",风景画家追求的正是精神宁静的艺术。

俄罗斯广袤的大地、苍莽的森林、浩瀚的草原、平坦的沃野、逶迤的山脉、蜿蜒的河流,还有静静的湖泊,壮美的大自然风光给文学家、画家、音乐家、诗人提供了丰富的创作资源,这里是产生激情和灵感的发射器。艺术是一种抽象,文学作品中对大自然的描写,丰富了俄罗斯文学的底蕴,许多画家都是读了文学作品,离开沙龙,走出圣彼得堡,走向自然,投身大自然,在大自然里纵笔驰骋,画彩飞扬,再现大自然的精神。

萨夫拉索夫的创作,体现了画家对俄罗斯大自然的新的理解。他一生从事风景画创作,他走遍俄罗斯大地,探索大自然之美,但他不满足于草木的生命和山水的秀丽,而是透过自然洞察更深层的内涵,从荒无人烟的俄罗斯大地提取最见精神气质的自然情感。

《白嘴鸦飞来了》是萨夫拉索夫的成名作，第一次参加巡回展览会，便赢得广泛的赞扬，成为当时一大新闻。画面远处隐隐露出教堂一角，教堂前后是广阔的田野，几棵并不伟岸、体躯扭曲瘦弱的白桦树，树上有鸟巢，有几间朴素的农舍，栅栏围着农舍，远处是融雪的田野，纯净、优美、真实自然的风景。春天到来时，大自然苏醒后的清新气息扑面而来，使观者感到大自然的呼吸以及内在的生命力。几只白嘴鸦从远方飞来，使整个画面活跃起来，一种动感、鲜活感、萌动的激情、欲出乍出的热望，使人感到描绘出了俄罗斯大地复兴的深情。

这幅画色调柔和，阳光穿过云层，照在雪地的光影，更显出色调的明快，似乎能听到雪融时发出的窸窣声。他的另一幅画《村道》是以俄罗斯村落小道为题材的作品，描绘了大雨过后，乌云方散，阳光初露，大自然千变万化的美丽景色，抒发了画家对乡村、对大自然的爱恋之情，哪怕是细小的枞树、不起眼的草花和瘦小的牧童，都生动地呈现出大自然的色彩。

希施金——森林的"歌手"

俄罗斯是森林国家，广阔的大地到处是苍苍茫茫的森林，森林面积占国土面积的45%，占世界森林面积约17%。无论作家、诗人、画家、音乐家，他们的作品中没有不写到森林的，森林是他们生命的襁褓。

希施金是巡回展览画派重要的画家，是森林的"歌手"，他一生的绘画题材，全是森林，是树木。

看到希施金的树木和森林，不由得想起纪伯伦所言："树木是大地写上天空的诗。"在天地之间，树被固定住，它托住万有，支撑宇宙，架起世界。

热爱大自然，必然热爱树木，热爱森林。

抒情的韵律，绚丽的色彩，严谨的构图，希施金对森林诗意的感觉，终生不衰，保持旺盛的生命力，千姿百态地描绘森林，歌唱森林，歌唱森林中的树、草、花、岩石、流水、湖泊、鸟、兽，以及风霜雨雪、天空、流云。他探索森林的奥秘，森林赋予他灵感，他给森林以幻想的激情和诗意的美。

希施金出身于一位商人家庭，他的童年是在维亚特卡的森林中度过的，在莫斯科绘画雕刻学校毕业后，进入圣彼得堡美术学院学习。

希施金为了描绘自然，不知疲倦地走遍了俄罗斯北部。他热心研究植物界，甚至达到科学家的严谨和深刻。克拉姆斯柯依（俄罗斯绘画大师，他的名画《无名女郎》成为经典，流布世界各地）说，希施金是为俄罗斯风景画开路

雪花睡在枝头

的伟大导师。

希施金神奇的画笔，是色彩的"魔王"，一种绿色在笔下变幻无穷，绿色是生命、力量和激情的象征，最华丽，最高贵，最有气派。他的画笔，恣肆淋漓，狂放不羁，豪阔而大胆，细腻而鲜活；他画布上的森林摇曳多姿，高木昂然挺立，低树茁壮强劲，疏密有致，生机盎然。

19世纪，俄罗斯正由封建社会向资本主义社会急剧转变，巡回展览画派就是用作品歌颂生活和大自然的真善美，揭露社会矛盾，鞭挞丑恶社会现象的画派。

俄罗斯自从形成统一的国家以后，曾面临过多重危机，却也能反败为胜。地广人稀，天寒地冻，大自然严峻而残酷，强大的森林既是他们的生命屏障，又是取之不尽、用之不竭的生活资源，同时也塑造了这个民族雄悍、勇敢、倔强、不肯臣服、宁折不弯的性格。

请看，俄罗斯的森林！这是大地的力量，这是大自然的力量！

出现在我面前的是一幅气势雄伟、具有史诗般气质的《橡树林》，这是希施金的代表作，描绘了百年老橡树和它周围的灌木丛、纷繁的野花、人迹罕至的密林、腐叶衰草与鲜花青草死亡和新生的映衬，展示了大自然生生不息的活力。

希施金的《橡树林》中，占画面最显著位置的是一棵苍健、粗壮、伟岸的老橡树,树躯微斜,像是用肩膀抵御漫天的风霜雨雪,抗争着苍茫的岁月。他大胆地将心灵体验与橡树自然景观融为一体,粗壮倔强的橡树,像"精神世界的影子""大自然精神之象征",是一种震撼人心的沉雄、强悍、敦厚的力量。橡树们浓密、厚实、沉着,有着坚不可摧的稳重和群体意志,体现出一种理想化的人格,浪漫地、诗意地表现出俄罗斯民族坚韧不屈、英勇顽强的英雄主义精神——这个民族和它的风景一样,富有丰富多彩的魅力。他的画作充满了大森林苍莽狂放的气息,只有健康的森林,才有健康的大地;只有健康的大地,才有健康的人类。

莱蒙托夫说:"当我们远离尘世而跟大森林接近时,大家都不由得变成孩子了,心灵摆脱了种种负担,恢复了本来面目。"艺术家心底蕴藏着一种原始的气息,涌动着一种对自然天生的激情,又有着理性和感性的双重成分。

艺术家热爱自然,热爱森林,他们艺术的追求、突进,实际上是一种人性的回归,回归自然,回到世界混沌未开的初始。

希施金在画布上创造神圣的森林王国,将大森林的美和神秘渲染得淋漓尽致,这是迷人的自然和心灵的风景。他对森林的热爱达到白热化的程度,他笔下的树木,峥嵘挺拔,背负蓝天,有升腾之感。打开他的画集,全是摇曳多姿的树木——《歇斯特罗列思科的橡树》《瓦拉姆岛上的松树》《密林深处》《松树林》，几乎每幅画都是杰作、代表作，都是风景画的里程碑。《松树林之晨》是一幅流传很广的经典之作，描绘了森林的神秘幽深的意境，使人身临其境，心旷神怡。优美的诗意般的境界中，阳光穿过树梢，清新的空气，迷离的光芒，生机勃勃的景象，聆听自己的回声，几只可爱的小熊在母熊的带领下悠然玩耍。林间似乎浮动着潮湿温暖的空气，薄雾里的清晨，大自然充满着人性和人情味。

希施金用色彩、光线和独特的绘画语言，使得枝繁叶茂的树木，有着别具一格的魅力。他的《在平静的原野上》，空旷的大地，苍茫的暮色，葱茏的野草，孤独的树木，是橡树吗？太阳沉落了，天空残留着橘黄色的余晖，连只鸟儿也没有，大地进入诗意的禅境，那浓淡深浅的色彩变幻，呈现出大自然色彩的丰富，也呈现出大自然的肃穆和庄严，艺术美就是大自然的宁静。

巡回展览画派画家的风景画像"自然文学"一样，既继承浪漫主义和超验主义的传统，又有浓郁的现代色彩。对自然的崇高与赞美，对物欲的鄙视与唾弃，对精神的追求与向往，他们像山一样思考，像水一样随和，对赖以生存的自然环境，有一种伦理上的责任感。

列维坦——风景画大师

风景画家是大自然之子,他们深入大自然腹地,描绘作者由文明世界走向自然环境的那种身心体验,追求精神宁静的艺术。列维坦在创作中,以纪念碑式的构图、朴实简练的手法,对自然进行高度地概括,创造出俄罗斯大自然的综合形象。

列维坦是生长在俄罗斯的犹太人,出身于一个铁路工人家庭,父母早亡,从童年起就过着极度贫困的生活,同时还身受沙皇民族主义者对犹太人的残酷迫害。他曾因家庭苦难而自杀,是契诃夫挽救了他,在他最困难的岁月,契诃夫邀请他吃住在自己家里。契诃夫像列维坦一样热爱大自然,热爱艺术。在他们周围,苦难、罪恶和腐败肆虐,他们为之悲叹,为之难过,但他们没有力量对外部世界哪怕有一点的改变,只能带着伤感的情调,亲近大自然。列维坦热爱这方古老而优美的土地,他常带着病作画,除了美景和调色板,他似乎忘了一切,像着魔似的,画笔放纵,油彩飞舞,他的心跳加快,他的手颤抖了,一幅幅俄罗斯大自然风景出现在画布上——《白桦林》《秋天的磨坊》《黄昏·金色的普廖斯》等等。《寂静的修道院》是一幅表现人的内心体验的风景画,这幅画使列维坦名声大扬;《伏尔加河的黄昏》《金色的秋天》更使他名噪画坛。他被列宾的名作《伏尔加河上的纤夫》所震撼，他看着看着，几乎热泪盈眶，他背上画包向阳光充足的伏尔加河出发，激动地给契诃夫写信："这里真美啊！眼前是翠野的芳菲，蓝天无限……在这新鲜的地方，我却感到自己的卑微，古老而优美的伏尔加河风景令我陶醉。"他忘情地在伏尔加河岸作画，眼里只有风景和调色板，他将大自然的美和变幻无穷的色彩，组合成一幅幅迷人的风景画：古老的教堂、转动的风车、秋天的磨坊、疏离的茅屋、破旧的小木屋，还有茂密的小树林、孤独的树、天空的流云、河面飞翔的野凫……他在伏尔加河上迎接第一缕朝霞，傍晚他送走最后一抹夕晖，当玫瑰色的一轮圆月升上空中，徘徊在河岸，走进白桦林里，一个人，沉醉在月光的魔辉中。深厚的艺术修养，天才的禀赋，使他对俄罗斯自然风物有着独特体验和感悟，他的风景画中有着灵魂的"圣殿"和精神的"天堂"。他以强有力的艺术语言，表现出大自然高贵的精神。

我特别喜欢列维坦的白桦林系列作品，他画集的封面便是他的《白桦林》，他以充满激情的画笔，描绘俄罗斯大自然的纯净美，流溢出浓郁的抒情味。白桦是俄罗斯人最喜欢的树种，河岸、湖畔、山麓、草原，甚至幽谷、湿地都有白桦树娉娉婷婷的身影。它们是大自然的天使、田园牧歌的情诗，给人静美，充满了旷野气息，表现了青春的纯洁和对光明的追求。白桦林是列维坦风景画的灵魂，他不厌其烦地画了200余幅形态各异、季节不同、地点相迥的白桦林。秋天是一团燃烧的金黄，夏天是浓绿，春天是淡绿，冬天是一树肃穆、冷峻。

阅读他的《白桦林》使我想起贝多芬创作"击碎唾壶"的《田园交响曲》。贝多芬太热爱大自然了，他常常去大自然中散步。他说："林地一片安谧的气象，仿佛乡间每棵树都在对你讲话，令人狂喜阵阵⋯⋯"《田园交响曲》有动人的田园风味，还有一种深刻的宗教性质。而列维坦的白桦林系列何尝不是如此？除了美，还表现了"静的孤独"。

列维坦逝世前完成的最后一幅作品《晴日·湖》，是赞美无限广阔、水源丰富、充满活力的俄罗斯大地的壮丽，也充满了对人民生活造成苦难原因的谴责，这幅画诗意地表达了他内心最美好的东西。列维坦短促的一生充满坎坷，1879年发生了索洛维约夫谋刺亚历山大二世的事件，列维坦作为犹太人被驱逐出莫斯科，栖居在莫斯科远郊的一个小山村，衣食无着，常常像野人一样在森林里寻找食物。但艺术仍是他灵魂的避难所，他整天躲进树林里，或泛舟湖上，他相信自己是一个艺术家。他常说："我们像唐·吉诃德一样同风车战斗⋯⋯"他以惊世骇俗的抗争、忘我的劳动，坚定自己的信念。

柯洛文——为自然而生

康斯坦丁·柯洛文是列维坦的同学,他的导师是萨夫拉索夫和波列诺夫两位风景画大师,在导师的教导和培育下,柯洛文对大自然产生迷恋。他和列维坦都是班上出类拔萃的学生,而且是感情、理想、追求、趣味极其相投的挚友。两位穷画家靠卖画为生,租住在一间小屋,共同生活,一起作画,因为没有钱,两人共同穿一件礼服。一天清晨,柯洛文醒来,见到列维坦趴在阳台上,望着外面流泪,柯洛文惊讶地问:"发生了什么事?"列维坦泪流满面地说:"你看外面的风景多么美啊!"

但他们不同于凡·高和高更经常为画争吵,甚至绝交,气得凡·高发疯,割耳自残,高更与凡·高无法相处,不得不离开阿尔,去更遥远的土著人的居栖地。柯洛文和列维坦为了维持生活,还为莫斯科歌剧院画布景,他们密切配合,一切从头学习,共同开拓了一个全新的领域。他们的布景画也有独特的风格,粗犷,豪放,笔触驰骋,油彩飞舞,构成远距离的视觉效果,一幅幅气势雄伟的风景画,使他们成为出色的舞台美术家。

但柯洛文和列维坦都不满足于室内创作，他们渴望大自然，渴望走向旷野、山川、森林、草原，渴望乡村风光，那草垛、麦浪、池塘、木屋、教堂，阳光下的荒草、野花，潇洒的风度，豪放的气质，流畅的笔触，绚烂的色彩，出神入化地表现出大自然的风貌和精神。

柯洛文是色彩巨匠，在表现手法上有时比印象派更前卫。在这期间他多次去巴黎，在光影形象中深受印象派画家的影响。他说："处理一幅画，就像给自己奏一支欢乐的乐曲，是对美的陶醉。"他认为最艰难的是阴暗相近的颜色，它们很相似，但实际上是有区别的，自然界的颜色很丰富，但不同颜色明暗度若混杂了，画面就显得单调、呆板。

柯洛文的绘画特征，对大自然有一种诗意的感觉，他善于从平凡的生活中观察并发现优美的抒情主题。在他的作品中找不到同样色调的画，他忠实地把在大自然所见的各种复杂色调关系移到画作上，同时，也省略了繁杂的细节描写。

他的《在花园》是一幅很有影响的作品，虽然受法国印象派画风的影响——实际上巡回派画家和印象派画家，有着共同的血缘，那就是对大自然的爱——依然属于俄罗斯巡回展览画派的风景画。画面一片五颜六色的光和影，生动地展现了在阳光下花园色彩缤纷难辨的景象。绿的竹椅似乎化为绿叶的一部分，人也融进花的色彩，隐隐约约，这是风景画浑然一体的精神体现。

柯洛文还创作了不少静物画,最著名的是《玫瑰》,他注重色彩的整体感,把自然界中各种复杂的色调关系描绘出来。他的名作《北方的牧歌》,以粗犷的笔触、大写意的手法,描绘北国壮美风光,广袤的草原、诗意的沉静、雄沉的大地、野花芳草弥漫着青苍的气息。一个男孩躲在墓地上,正以优美的角笛演奏着一支爱情歌曲,那乐曲撩拨着少女的心。

柯洛文还画了大量表现乡村生活场景和自然风貌的作品,其色彩和构图从整体上看受到欧洲印象派画家的影响,但他的根基仍然属于俄罗斯巡回展览画派,画面柔和,色调鲜丽又和谐统一,具有生动的丰富感、真实感、新鲜感,既有形式美,又有幻想美。

柯洛文和列维坦都曾受聘于莫斯科绘画雕塑建筑学校,当时俄罗斯著名画家都聚集在这里,这是俄罗斯美术的圣殿。他们视艺术是一种极其严肃、艰苦的事业,要取得辉煌的成就,就要终生付出,乃至生命。柯洛文说:"我的爱人就是大自然,我是为它而生!"柯洛文的艺术创作并非对欧洲印象派的模仿,而是追求俄罗斯自然中所独具的俄罗斯艺术之魂。

俄罗斯巡回展览画派的出现,正是法国印象派盛行的时代。印象派是绘画从现实主义走向现代主义的重要标志,俄罗斯的一代青年画家也来了一场"艺术革命"。他们背叛了学院派的传统，不仅在绘画技法上革新、探索，而且走出画室，到生活中去，到原野上、到乡村、到大自然中去，在外光中作画，面临大自然作画，探求光与色的表现。他们的作品充满前所未有的新鲜感，散发着一股清新、生机勃勃的旷野气息，展示出一道道迷人的自然与心灵的风景，与那宫廷画、宗教画、贵夫人肖像画毫无共同之处。

看了俄罗斯的风景画，我深感到人生态度经过禅悟，变成了自然景色，"自然景色所指向的是心灵的境界，这是'自然的人化'（儒）和'人的自然化'（庄）的进一步展开"（李泽厚语）。

俄罗斯巡回展览画派的出现，是俄罗斯绘画史上的一朵奇葩，鲜艳迷人，闪烁着自然主义的光辉。俄罗斯的风景画家心中响彻着大自然的召唤，萌生着描绘美丽自然的渴望，他们的精神生活寄托给自然的纯朴和美丽。

我走出美术馆，仍然迷失在风景画里。

从克鲁姆洛夫到卡罗维发利
——捷克小镇随笔

明亮的色彩、原汁原味的波希米亚古镇、中世纪的风情浓郁而迷人。

雪花睡在枝头

一

温馨、惬意、恬静而秀丽，这是捷克小镇克鲁姆洛夫给我留下的最强烈的感觉。

这是一座成熟的小镇，坐落在舒马瓦山麓一片起伏跌宕的丘陵，小镇既不老态龙钟，也不年轻，依然保留着原汁原味的中世纪风味。高高的教堂是14、15世纪的建筑，成排的楼房仍呈现巴洛克式、洛可可式、文艺复兴式的风格。远处是舒马瓦山雄伟的峰峦，伏尔塔瓦河呈马蹄形环绕着小镇，它袅娜的身姿给小镇带来动感、灵性，也带来女人的温柔和缠绵。正是初夏，正午的阳光，空气里有浓郁的植物气息，树林在阳光下蒸腾着袅袅的岚气。小镇多为白墙和红色或橘色的屋顶，很温婉，很鲜明，在5月明丽的阳光下，小镇像一丛色彩绚丽的野花开放在山谷、丘陵间。

我几次去欧洲，感到欧洲是富饶的，不仅仅是财富，而且是山川、田野、森林和草原，尤其是那些树木表现得更突出，蓊郁葱茏，高大粗壮，树冠雄阔，绿叶肥厚，色相丰满，一种高贵气，一种"大家气派"。沿着伏尔塔瓦河堤岸行走，满眼新绿，听鸟儿啁啾，还有风飘来的草香、花香，让人醺然欲醉。

上午，我们参观了小镇，几乎走遍它的角角落落。小镇给人新鲜感，五颜六色的房屋，虽老旧，但没有衰败的迹象。高高的教堂，每一个角度，每一个时辰，都显得格外的静穆和庄严，背衬蓝天，更彰显出博大崇高，给人以审美和未曾体验过的感触。街上古木森森，枝条飞舞，花圃里鲜花缤纷，小镇配件齐全，和大城市比，一样也不缺，除了高高耸立的教堂，还有修道院、广场、歌舞厅、体育馆、游泳池。建筑既古典又浪漫，既典雅又精致，那风度、那气质都具有经典品位。宏伟而精美、华丽而纯朴、沉重而轻盈的建筑，展示了一个民族热情饱满、精力充沛的襟怀。那个时代，火一般的信念，把一切思想、智慧都凝聚在建筑艺术上，无论神圣的寺院和普通民居，它们的审美意识和想象都极为丰富。高高的教堂腾空而飞，那塔尖的砖石至今还闪烁着黛色的光芒。楼房虽显老旧，但不颓丧，绘画和雕饰使其增加了温度和色彩。而今欧洲人过着一种安静、闲逸的生活，细腻、精致、节奏很慢，不像我们匆忙、浮躁、潦草。

克鲁姆洛夫小镇被列为世界文化遗产，据说小镇有四五千年的历史。小镇小巧、秀丽，没有丝毫的拥挤和喧嚣，连市民的脚步都悠然无声，以"清静无为"的理念、无欲无求的心态走进"天人合一"的境界。这是古典哲学的物化，小镇诗意抒情的风度，有现代人的聪慧、洒脱，又有古希腊人的优雅气质、高昂风致。欧洲是绘画雕塑的世界，几乎每个城市、乡镇都有大量的雕塑。墙壁、门头、墙角、广场、园林、桥头、城堡、教堂，无处不见造型千姿百态的雕像，展现了雕塑家精致优美的艺术魅力；每尊雕塑都充满动感、灵性，或抽象，或写实，或形似，或神似，都展示了艺术家的才气和高贵气质。雕塑是欧洲一股重要的文化力量，即使这袖珍式的小镇也遍布着人体雕塑和物体雕塑。它们既是建筑物的装饰，又参与了建筑物的艺术创造，是一种美的建造。新鲜的空气和灿烂的阳光给小镇一个巨大的诗意空间。

小镇属于南波希米亚，距布拉格160千米，克鲁姆洛夫，意为"高低不平的草原"，显然这是游牧人的故乡，宽广、悠远，而又水草丰美。然而这里的居民已告别游牧生活，他们从舒马瓦山走下来穿越过密翳的林薮，直接落脚在深陷山间与丘陵间的洼地——风光秀美的伏尔塔瓦河两岸。伏尔塔瓦河曲折造就小镇的殊异风格，令人诱惑地向往。小镇博物馆还陈列着他们先人的生活用品和生产工具，青铜器、陶瓷，那些展品有飘逸感，穿越时空，再现了波伊人、沃尔卡人、科蒂尼人和凯尔特人的生活状态。这些族群最终和日耳曼部落一起，起草了这一地区的历史，开创了新的文明。

舒马瓦山和捷克林山相衔接，两者合称为波希米亚林山。捷克的国土被称为"欧洲的屋顶"，流经小镇和首都布拉格的河流都集中在南部水系的伏尔塔瓦河。伏尔塔瓦河流过乡村，流过田野，流过城市，蜿蜒数百千米润泽着广阔的波希米亚大地，是捷克真正的母亲河。斯美塔那的代表作《我的祖国》以深厚的感情歌唱伏尔塔瓦河，成为世界名曲。

直到捷克共和国成立后，官方语言才确定为捷克语，这种语言是斯拉夫语族的一种，和波兰语、斯洛伐克语相关。

我们游历小镇，最让人难忘是石板街，老屋、古树、小桥、流水、人家，颇有中国江南小镇的风味。临街鳞次栉比的商店，有咖啡屋、酒吧、食品店、儿童玩具店、书店、杂货店，还有"大型超市"。最引人注目的是古城堡，那是文艺复兴式与洛可可式的艺术结晶，装饰富丽堂皇，地板上躺着大熊标本，显然炫耀着游牧民族的剽悍和勇武的风采，展厅的"黄金马车"、墙上悬挂着胜利的旗帜，又张扬着这个民族历史的荣耀。捷克的国歌《我的家乡在哪里》也透露着他们的忧郁和悲伤。登上城堡，整个小镇进入视线，两岸的房屋高低错落，形成仄仄平平的曲线，轻轻地舒展在河流和丘陵上。

我迷恋小镇的温馨、纯情，被这里浓郁的人文精神感染。明亮的色彩、原汁原味的波希米亚古镇、中世纪的风情浓郁而迷人。

晚上，我们下榻的宾馆是很大的院落，周围没有院墙，全是修剪整齐的柏树墙。春风刚从这里路过，庭院里、花圃里、树墙边、大树下，五颜六色的鲜花争奇斗艳：高大的美人蕉、鲜亮的鸡蛋花、硕大的玫瑰花，有白有红，丽人般的紫荆花、含羞的大叶合欢、桃金娘、蝴蝶花，满园春色，浓得化不开。而高耸的针叶松、桉树、大叶紫薇、苦楝、罗汉松，使庭院平添一种跌宕的旋律感。最惹眼的是牵牛花，牵牛花开得激情、放肆、热烈，爬满栅栏，攀缘树木，粉嘟嘟的，鲜灵灵的。牵牛花，英语的意译是"清晨的荣光"，蕴含着早晨的风貌，赋予"道德寓意"，是被欧洲人赞美的花。

空气新鲜得沁人，花香浓得袭人，赏花观树像每天黄昏的必修课。身后是苍茫雄浑的波希米亚林山，愈远愈高，峰峦跌宕，苍苍莽莽，在落日夕晖中，那灿烂景象，令人惊骇。我喜欢逗留在树影花丛里，沿着林间小径信步而行，身心融入花丛中，感到这不是草木，而是生命共同体。更怡人的是草地音箱里正播放着《音乐之声》，这是小镇之魂。徜徉在音乐的旋律中，聆听小镇脉搏的跳动，犹如进入梦幻般的仙境。

二

我们离开克鲁姆洛夫乘大巴车在捷克林山山谷穿行，去往捷克另一个美丽的小镇卡罗维发利，这也是个山区小镇，它以玛利亚温泉而闻名于世。

汽车沿着山谷公路奔跑，速度缓缓而沉稳，正好使我能欣赏窗外流动的风景。山谷宽阔，谷间有溪流，有湖泊。湖水蓝莹莹的，纯净而清澈，映着蓝天白云，没有波涛，静如禅境。公路两旁是郁郁苍苍的森林，我们的汽车像是在森林里穿行，打开车窗，只见林下铺着厚厚的发黑的落叶，一种腐败发酸的酒香味扑进窗来。白天的森林晦暗、宁静、萧瑟，空气湿润，有一种森林诡谲神秘的气息。忽然，窗外传来海啸到来之前的声响，放眼望去，远近浓郁苍莽的森林，颜色又浓郁了一层。这纷繁交错的色彩，正是暮春初夏的大手笔，不是油画，而是中国宋代画家范宽的泼墨山水。

直到下午四五点钟，我们赶到了卡罗维发利。这是个典型的山区小镇，小镇被山和树包围着。走进小镇，我的思维遭到意外的颠覆，小镇虽有城市的富丽，但更多的是自然的属性，造成了不染世尘的"桃源"风光。

小镇坐落在泰普拉河和奥赫热河交汇的山谷中，泰普拉河自东沿小镇中央蜿蜒而去。小镇之美美在闲适，美在安谧，美在优雅。公园里矗立着德沃夏克的雕像,德沃夏克的作品是捷克人生活的一面镜子,反映了捷克人的生活。走进小镇,到处可以听到他热情、纯朴的乐曲。

这里用世外桃源来形容,似乎太土气、太小气,除了流水的潺潺声和几声鸟鸣外,几乎是电影的默片。如果不是旅游业的发展,小镇怕是一辈子难见几个外来游客。否!一二百年前,那周围列国的君主大臣、贵族富豪,还有世界名流——歌德、贝多芬、雨果、乔治·桑、里尔克、约翰·施特劳斯、肖邦、门德尔松,还有俄国的大文豪托尔斯泰、屠格涅夫、契诃夫等都光顾过这山区小镇,留下了他们的足迹。因为这里的温泉给人以巨大的诱惑。

优雅的长廊、如茵的草地、诗意的田园风光,令人心旷神怡。据说,马克思在这里写了《资本论》初稿的前几章。

最早发现这里有温泉的是捷克国王查理四世。查理酷爱狩猎,一只小鹿被国王射伤,一路狂奔逃进山谷。查理穷追不舍,只见小鹿纵身一跳,跳进山下泉水中,泉水冒着热气,弥漫了整个山谷。当小鹿从泉水里浮出来,伤口已愈合,奔跃如飞,很快融进山林。国王遂命身后的御医品尝泉水,并灌装一瓶,回到布拉格化验,发现泉水里含有丰富的矿物质,有疗伤作用。查理患有脚疾,御医建议他泡温泉,果然不久,查理的脚疾奇迹般好了……从此,这里成了皇家疗养胜地。

卡罗维发利，捷克语的意思就是"查理的山谷"。每股泉水上安装各式水龙头，水温达60摄氏度至70摄氏度，游客可直饮泉水。这里开放了17处泉眼，有300多处小泉，据说温度较低的泉水有通便的疗效，能促进胆汁分泌，降低胃酸。我用茶杯接上一杯，但泉水并不好喝，涩、苦、咸，似乎还有中药味。1881年一座造型典雅的温泉回廊出现在这温泉度假胜地，这是为美丽的茜茜公主而建。长长的白色铁铸走廊，可让游客边散步、边饮泉水，悠然雅逸，一种诗意的享受，一种天堂般的愉悦、舒贴。回廊有不同温度的温泉出水口，由中殿侧廊和124根圆柱组成。这回廊秀丽雅致，有两个青铜圆顶凉亭，亭中间有希腊女神雕像，泉水从脚下汩汩而流，氤氲的水汽沿着廊道，袅袅娜娜，款款飘逸。回廊旁侧有一处花木扶疏的袖珍型小公园，这是茜茜公主最喜欢的一处佳境，常在这里小憩。

中殿高敞的廊柱下，常年有一支交响乐在演奏，肖邦、贝多芬、莫扎特的曲子回荡在这里，但更多的是捷克作曲家德沃夏克的作品。德沃夏克非常喜欢这风景秀丽的休闲之地，这里的山泉、这里的森林给他带来创作的灵感。他的名作《自然·生命·爱情》就在这里创作，交响曲分三个部分，一是《在自然里》，二是《狂欢节》，三是《奥赛罗》。作者对宇宙存在的三种现象——自然界、生命、爱情，感到不可思议，他不能用语言表达，便借助于音乐予以诠释。

温泉的景点还未游览完毕，山间忽然飘来一团云雾，接着下起雨来。雨开始是迷蒙的，霏霏的，转瞬间，雨点儿噼噼啪啪下大了。导游说，大家先在廊下避雨，山里的雨来得快，也走得疾，一会儿就是艳阳高照。我坐在回廊沙发上观山镇雨景，真是一幅迷人的大写意。小镇浴在雨雾中，更有一种朦胧美，静静的山林浸淫在雨中，显得浓郁、深沉。我想起托尔斯泰的话，人过60岁就应该回到森林里，其实就是要回到自然中去。人类本来是从森林里走出来的，再回到母亲的怀抱，回到自然的温暖的"子宫"。这是大自然的气血和精神赋予人类生命的力量。我们多年生活在人口拥挤的城市，遍地是水泥的灰暗、汽车的喧嚣，早就忘却了天空、荒野和自然，更不会感到远方森林生命力的强度和硬度，感悟不到那里蕴藏着生命的奥秘和人类命运的答案。森林是生命最古老的基因，人类走出森林，最终还要回到森林。

梭罗说，荒原拯救人类，不如说，森林拯救人类。

出乎意料，山雨下了一个时辰，仍未停，我们不得不冒雨离开温泉，赶到下榻的酒店已是掌灯时分了。

第二天醒来，已是曙光满窗，室外，一窗鸟鸣，满眼新绿。卡罗维发利真是捷克的经典小镇，古镇具有历史性，又赋予现代风格，是最佳风景区，也最适宜人类休闲疗养。

雪花睡在枝头

我在阳台上凭栏远眺，只见远处舒马瓦山苍郁的森林上空有几片明亮的光斑、光片、光团，那光亮、那形状、那色调是特有的山光树色。这时你会产生联想，这浩大的宇宙风景，与你在都市常见的龌龊暗淡景象迥然不同，这时你才真正体悟到自然之美，诗性、神性之美。

随着时光的脚步，天色明亮开来，早晨已迈着轻盈的步子来到山区小镇。太阳已跃过山峦，扑面而来的光芒撞了我满怀。5月淋漓尽致地表现它的热情、温厚，山谷弥漫着水蒸气，烟雾缭绕，幻景迷离。阳光从浮云中倾泻下来，远处是白雪皑皑的雪山，和天边的白云融在一起，高远、深远、平远，三种境界使我胸襟变得寥廓。在这里你会找到欧洲最能撞击心灵的安逸、清闲、静穆，他们生活的格调在这纷繁的世界永远不会枯萎凋零。尽管21世纪，社会发展速度如野马脱缰，他们仍然如神仙般"悠闲"。小镇上人来人往，从来看不见匆忙的身影，听不到急促的脚步声。

生活之流速很慢，富有节奏感。

饭后，我们仍有时间在庭院里散步，这宾馆分前后两个花园，比克鲁姆洛夫小镇的宾馆更富有诗情画意，最让人惊叹的是后花园——真正是花的世界、花的海洋，高高低低，又形成花的浪涛。是什么花？我们谁也叫不出名字，导游也略知一二，他介绍了几种：山蝎花，有毒有刺，也叫刺五加，这是一种中药，但欧洲人并不重视它；金线莲也开花，花开得肆无忌惮，放浪猖獗，猩红、血红，鲜艳得耀眼；还有一种叫云实花，金黄的花，硕大，呈圆锥形，花开得热烈而繁盛；还有一种花叫珊瑚藤，花开得一串串、一簇簇，成群结队，绯红的花朵，像晚霞一样绚丽灿烂。

我们不停地拍照，那鲜花纷纷走进我们的相机，还有晨露镀亮的早晨。

伏尔塔瓦河

晚风吹拂,夕阳的金辉洒满河水,一河涟漪,如霞似锦。

| 雪花睡在枝头

波希米亚的河流

　　打开捷克地图，你一眼看出，全国都属于波希米亚地区，分东、西、南、北，丘陵起伏，森林密布，风景秀丽，东部是高原，西部是盆地，南部与舒马瓦山相接，被称为波希米亚林山，北部是克尔科诺谢山脉，逶迤跌宕，使大地出现平平仄仄诗一般的格律。中间有一条河流袅娜而来，蓝色的河流穿过林薮、山坳、草原，一弯不规则的曲线，动与静的巧妙搭配，便有了深沉雄壮之美。河两岸绿树成行，蓊郁茂密，浓郁的色彩投进流水里，暗了半条河流。河里有货船，也有游船，浪花拍打着堤岸，发出撕锦裂帛的声音。水面上是一层迷蒙的淡蓝，泛白的水汽、雾气，烘托出飘忽朦胧的意境，令丹青手也歆羡赞叹不已。

　　波希米亚的山地和草原以广阔的舞台，使伏尔塔瓦河舒畅的身姿在山涧、在平原率性地流淌，任性撒欢儿，甚至随意拐弯迎头撞上另一条河流——易北河，两河汇流，穿峡谷，

289

越深邃，蜿蜒而去……

捷克人的故乡是古老的波希米亚王国，他们的祖先却是罗姆人，即吉卜赛人，源于印度的游牧民族。牧人天性浪漫、豪放，他们一生都在漂泊流浪，逐水草而居。所以"波希米亚"这个词就含有两重性，一是血脉，一是流浪。河流本身就是流浪者。伏尔塔瓦河是捷克人的母亲河，捷克国歌歌词就写道："何处是我家？何处是我家？牧草地上河水汹涌，峭壁之间松涛吟啸。鲜花绽放的花园，胜似人间的天堂……"歌声优美，也流露出伤感、忧郁的气息。

伏尔塔瓦河是很有教养、有品位、高雅而尊贵的河流，浪不骇人，涛不惊人，却精力充沛，哺育了许多精英人物：音乐之父斯美塔那，作曲家德沃夏克，文学大师卡夫卡，闻达天下的诗人里尔克，小说家昆德拉、瓦茨拉夫、塞弗尔特，还有众多的政治家、科学家，星辰般闪烁在捷克历史的长空。查一查布拉格的档案，不仅有欧洲王公贵族光临波希米亚，一些世界名流也眷顾过伏尔塔瓦河，歌德、贝多芬、莫扎特、肖邦、普希金、果戈理、屠格涅夫……他们的出现使伏尔塔瓦河露出自鸣得意的微笑。

布拉格，捷克语意指伏尔塔瓦河流经的一处礁石，酷似"门槛"的意思，故名。布拉格是一座音乐之都。世人说，一个背包、一把吉他，艺术家们走到哪里都有唱不完的歌谣。

尼采说，当他想用一个词来表达音乐时，他找到了维也纳，可是要用一个词表示神秘时，他只想到布拉格。伏尔塔瓦河呈"S"形穿过市区，河水宽阔明丽，水流舒缓，细波粼粼，不张扬，不放肆。看河水，沐河风，听河声，你才理解"静水流深"这个既是哲学术语又是美学语汇的丰富内涵。

这是一条蕴藉深厚的河流，从中世纪的黑暗时期，两岸便出现了宫殿、教堂、城堡、雕塑、绘画、音乐和诗。它来自历史深处，是伟大的历史学家，记录着它惊心动魄的往事：烽火狼烟的战乱，刀枪相鸣的厮杀，腥风血雨的搏击，血流成河，尸骨如山……你随意捡起一块鹅卵石，从那细细的纹络中，就能读出许多历史的细节。

布拉格又是一颗彗星，给人一种烟花般的迷蒙，又给人以"冲破重围，克服艰难"的形象。

古城的楼房多白墙红瓦，这是捷克人最崇拜的颜色，白色代表纯洁和神圣，红色象征勇敢和不畏困难的精神。河岸树荫下是一排排连椅，造型不同，质地也迥异：木质、铁质、石质、水泥和塑料。有的连椅有上百年的历史，下端生出苔藓来，沉稳端庄，一动不动地抗击着风雨如磐的岁月。

我想象瘦弱的卡夫卡写累了是否来这里小憩？伏尔塔瓦河的风光会给他带来一抹精神的抚慰。诗人余光中说，他的蓝墨水的上游是汨罗江，那么卡夫卡的蓝墨水的上游，可否是伏尔塔瓦河？伏尔塔瓦河赋予他多少创作灵感？黄昏了，他独自散步河岸，坐在连椅上沉思，晚风吹拂，夕阳的金辉洒满河水，一河涟漪，如霞似锦。卡夫卡从伏尔塔瓦河吸取了创作的力量，文思泉涌，一夜写出震撼文坛的经典之作《变形记》。他的笔管里奔腾着伏尔塔瓦河的流水，随之而来的是《判决》《乡村医生》《城堡》等荒诞怪异的作品，使他名噪天下，跻身于世界文学大师行列。

　　里尔克生于布拉格，严格地说是距布拉格50千米外的波希米亚小镇。向导说，那小镇位于伏尔塔瓦河畔。里尔克一生都漂泊流浪，故乡是他流浪的起点……他说，一个献身于艺术的人，像苦苦修炼得道的人一样，必须经过漫长艰苦的岁月。

　　孤独，固然使里尔克丧失了一些世人意义上的人生快乐，但使他更深入、更细致、更敏锐地感受人生的苦难。他认为，苦难是成为艺术家不可或缺的条件。艺术家本身就是人类苦难的代言人，有苦难的经历才能成为了不起的艺术家。

　　里尔克离开了伏尔塔瓦河，但伏尔塔瓦河的水仍然流淌在他的血脉中。他奋发努力，登上华彩空灵的艺术巅峰，他的诗是艺术巅峰上的天籁。

斯美塔那

徘徊在伏尔塔瓦河岸，最使人怀念的是斯美塔那，他是捷克的音乐之父、拓荒者和奠基人。多灾多难的祖国使许多捷克人丧失了母语，他们的官方语言是德语，他却用母语创作。他创作的突出特色是标题性，形象生动而富有激情，他的代表作有民族歌剧《被出卖的新嫁娘》、交响诗《我的祖国》和带有传统性的弦乐四重奏《我的生活》。

斯美塔那故居就在查理大桥南。

查理大桥上最负盛名的是14世纪布拉格教区、红衣大主教圣约翰的雕像。他因拒绝向瓦茨拉夫四世国王泄露王后忏悔的私情，在1393年被国王投入伏尔塔瓦河，他以生命维护了神圣的教规，被人们视为查理大桥的守护神。此雕像是为纪念圣约翰主教殉难300周年而作。他左手抱十字架，右手持棕榈叶，头上有五星光环。据说，在他被扔下河的当夜伏尔塔瓦河上空有许多星星盘旋，久久不散。底座有两块青铜浮雕，左图是王后忏悔图，右图为圣主教被扔下河的情景。在圣约翰主教雕像不远处围栏中间有一个金色的十字架，这就是他被扔下河的殉难处。

我们去参观斯美塔那纪念馆，却因维修闭门谢客。但一眼望去，这里风水极佳，岸树蓊郁，莽莽苍苍，如同油画般浓丽。河床宽阔，流水雍容大度，河水款款地流动，像抒情的慢板，天空湛蓝，阳光明丽，有水凫在芦苇丛中鸣叫，在河流的上空盘桓。有几只天鹅风姿绰约，或在芦苇里弯腰嬉水，有的扭着脖子，眨着眼睛，翅膀一夯一夯的，或对空鸣叫，或单腿立于河滩草丛，或畅游水面，更经典的是有一只天鹅在跳"水上芭蕾"，上下扇动着翅膀，舞姿优美，令人惊喜。靠近河岸的有荇藻、红蓼、长叶水蒿，更多的是芦苇，既有野性风味，也有波希米亚风情。

　　河畔有一尊斯美塔那的雕像，他神色憔悴，一脸忧郁，容颜暗淡，目光沉思中带有凄怆。斯美塔那一生多舛，生活贫困，事业艰辛。斯美塔那求学时比别人都窘困，租不起房子，交不起学费，甚至连钢琴也租不起。23岁开过一场钢琴独奏音乐会，他希望能当个演奏家，没有成功。他却立下宏愿："要在技巧上成为李斯特，在作曲上成为莫扎特。"斯美塔那在困苦中依然坚忍不拔，保持乐观。他是一个酿酒商的儿子，5岁时就开始学习一些基本乐理，尽管他像个神童，但没有受过音乐理论严格的正规训练。他想成为一位音乐家，道路蹇涩，他比任何人付出得都多，得到的却比任何人都少，所以在音乐史上的地位并不显赫。直到32岁时，他的运气才好起来，他在布拉格开办了音乐学校，他办学得法，学生多得无法应付，他的名气随之鹊噪开来。后来他有机会与柏辽兹、门德尔松、李斯特和瓦格纳合作，指挥了大型交响诗，演奏了《查理三世》那样的大型器乐作品。

布拉格筹建音乐学院，他被聘为指挥。他的运气仍然时好时坏。第一次音乐会，因没有组织好而失败，但斯美塔那仍然满腔热忱投入新的创作，因著名的《被出卖的新嫁娘》一举成名。

斯美塔那时代，捷克属于奥匈帝国，也就是说，地图上尚未出现"捷克共和国"这个名字。这是一个丧失母语的民族，上层人物是用德语，只有草根阶层少数百姓懂得捷克语。斯美塔那不会母语，他偏偏用母语创作歌曲，这本身就给他的创作带来极大的困难，荆棘丛生，道路崎岖，既无传统可借鉴，又无当代音乐作品可参考。他独辟蹊径，凭着一腔激情，一颗深沉的爱国之心，以全部的心血投入创作，没有人相信他能用捷克语写出歌剧来，他却成功了，成为音乐史上的奇迹。

1848年法国大革命暴风骤雨般地影响了整个欧洲，斯美塔那用歌曲投入了这场人类命运的伟大变革中，创作了《布拉格学生军进行曲》《国民卫队进行曲》，而且用的是捷克语，以民族风格、民族气质、波希米亚人的奔放热情，鼓舞着人民去反抗、去斗争。

荷马行吟的歌谣，竟然是血肉横飞、惊天动地的战争；柏辽兹的战歌，是莱茵河儿女厮杀鏖战的惨景；贝多芬的《英雄》是精神世界的"进行曲"，也是精神世界的宣言；斯美塔那的"进行曲"，是他和国民卫队的战士一起固守街垒的战斗中写就的，每个音符都充满热血沸腾的气息，高亢的旋律中蕴含着悲壮战斗的精神！这是捷克人的心声，是母语燃烧的火焰。

　　斯美塔那因病痛，精神出现错乱，痛不欲生。有一天他不知不觉走到查理大桥上，欲寻短见，忽然听见伏尔塔瓦河的急流撞击查理大桥桥墩的声音，于是灵感如电光石火般爆发，音乐的湍流汇成美妙的旋律，腾起的浪花变成了跳跃的音符，很快谱写出了著名的交响曲《我的祖国》第二乐章《伏尔塔瓦河》。

伏尔塔瓦河

　　斯美塔那和他的祖国一样，一生苦难重重，他三十一二岁时，4个女儿3个夭折，他陷入深沉的痛苦中。50岁时他听觉出了毛病，3个月完全变聋了，成了贝多芬的再版。那时他的代表作《我的祖国》正在创作中，他听不见自己的钢琴演奏，听不见自己创作的旋律，听不见音符的跳荡，更听不见节奏的舒缓和急迫，他是多么痛苦啊！他像盲人一样，坠入人生幽暗的深渊！一颗心在悲伤和无奈中饱受煎熬。

他耳聋像贝多芬，精神错乱又恰同舒曼，多重疾病缠身，困扰他的事业，威胁他的生命。上帝总是想给天才制造麻烦，不知是想磨砺他们生命的意志，还是想撞击他们灵魂的才华？斯美塔那这位音乐巨子，契和着伏尔塔瓦河的涛声，将一个民族的悲壮意识，谱写成史诗般的长歌，也正是这个苦难的时代和伏尔塔瓦河的浪涛成就了一代音乐巨子。

其实，在欧洲，许多大音乐家都写过咏唱河流的乐章。瓦格纳的《莱茵河的黄金》、舒曼的《莱茵河交响曲》、兰伯特的《格兰德河》、格罗菲的《密西西比河》，捷尔任斯基的《静静的顿河》更是震撼人心的历史绝唱。江河是音乐永恒的题材，因为江河本身代表着祖国和家乡。

《我的祖国》第二乐章《伏尔塔瓦河》是著名的音乐诗，那抒情般的慢板中，可以听到伏尔塔瓦河潺湲的流动声，轻风吹拂，岸柳摇曳，河水流淌，美丽的河面蒙上一层雾纱，朦胧、缥缈，像印象派的画，像朦胧派的诗。朝阳初升，流水节奏像旋律般的悠然，粼粼的波纹浮动着霞光，大自然的美感震撼人心。

斯美塔那为这首曲子写了题解，简直是一篇精短的美文：

两条小溪从波希米亚的浓荫处流出,一条热烈而急促,另一条冷静而平和,穿过波希米亚的山谷,两条小溪汇成大河。伴随着猎人欢快的号角,它穿过茂密的树林,流经低处草场,那里正在举行婚礼,载歌载舞。月夜,水仙们在平静如镜的河面上滑行。在水上的倒影还有堡垒和城墙,它们是业已消失的光荣和骑士尚武年代的见证。伏尔塔瓦河流过圣约翰堡急滩,最后到达布拉格,在威严的和平中接受维斯克拉达城堡的敬礼,然后,消失在诗人极目远望之处。

这是写伏尔塔瓦河流向远方、流向易北河的情景。题解提示:这首音乐诗,你会觉得自己随着音乐变成伏尔塔瓦河,穿越波希米亚的森林,听猎人的号角;流经草原,传来牛哞羊咩之声;流进乡镇,你会看到民间充满激情的歌舞、热闹欢乐的婚礼……

音乐是一种天才的创造。遗憾的是直到最近我才欣赏了流传世界的名曲《伏尔塔瓦河》。我一下子陶醉在音乐的浪涛里,更感人的是中国音乐家林华在《我的祖国》序曲中配上了歌词:

在我的祖国波希米亚群山中,有两条美丽的清泉奔流长。一条温和一条清凉，汇成河，伏尔塔瓦河浪花四溅哗哗响，映照着蓝天白云红霞闪光芒……汇合了波澜壮阔的易北河，汹涌澎湃永不停留向前方。

乐曲开始由两只长笛奏出波动起伏的音调，似涓涓流水，那是代表源头，两条小溪汇成伏尔塔瓦河流向远方。它穿过茂密的森林，它冲破狭隘的山谷，浪花撞击岩石的声响，一路奔腾而来。乡村的婚礼热闹非凡，月光下水仙如在闪光的波涛上歌唱嬉戏，流水掀起浪花，歌唱着流向布拉格，流向古老的维谢格拉德。伏尔塔瓦河有种古典与梦幻的美，你会感到大自然的瑰丽、生命的多姿多彩、世界的优美，你会心旷神怡，对美好未来产生无限的向往，精神会净化，灵魂会升华……伏尔塔瓦河壮阔宽广、明丽的景观，诗一般的主题，庄严、高雅，象征着光荣的历史。

真挚的诗意、深邃的思想、热烈的情感，贯穿整个旋律，但也透出作曲家的伤感和沉郁的情思。我听着听着，不觉两眼潮湿，眼泪差一点流淌下来。这是对祖国、对家乡诚挚的眷恋和深沉的爱，一个没有祖国的人痛苦情感的倾泻……没有一首曲子像《伏尔塔瓦河》这样细腻灵性地描写一条大河。

斯美塔那，他的名字刻进战火连绵的历史册页上，就像眼前这尊青铜雕像，屹立河岸，朝晖夕阴，风丝雨片。他手持竖琴，和着伏尔塔瓦河的涛声，歌唱祖国的苦难和艰辛的追求。他的情感与那血与火的历史一样炽烈、厚重。

那片年轻的土地

我们种下荒原,长出荒原,
是这片土地的信仰。

2018年10月25日，在《关于特别是作为水禽栖息地的国际重要湿地公约》第13届缔约方大会上，东营荣获全球首批"国际湿地城市"称号。这里河口海唇相吻，逐渐形成了广阔的黄河三角洲湿地。2021年10月，习近平总书记考察黄河入海口时指出，要把保护黄河口湿地作为一项崇高事业，让生态文明理念在实现第二个百年奋斗目标新征程上发扬光大，为实现社会主义现代化增光增色。

——题记

黄河，以母亲的名义奔流

　　在一个晨光初露的早晨，我迎着朝霞，拨开离离荒草，迎着萧萧的海天长风，走进这片神话般的息壤——黄河三角洲。

　　东营市小清河以南广饶县，成陆很早，因为泰沂山脉从海中崛起，阻挡了黄河的泛滥和海潮的侵袭，陆地逐渐发育成熟，小清河以北便是黄河三角洲平原。大约10000年前，黄河从青藏高原巴颜喀拉山北麓约古宗列盆地出发，一路奔袭，沿途吸纳40余条重要河流和近千条溪流，形成一条水势粗犷雄浑的巨流大川，历经5464千米艰难曲折的流程，劈山凿岭，闯关夺隘，厮杀搏击，终于来到东营入海处。这一河黄色烈焰，滚滚金涛奔流向前的宏伟气势的确令人惊叹。黄河来到入海处之后，虽然气魄依然雄浑、粗犷，但流水变得稳重、沉静，没有了巨澜冲天、漩涡如渊的咆哮和狂躁，那喃喃的流动声似乎倾诉着永恒的秘密，在阳光下金斑闪烁，那么壮丽秀美，尽显母性襟怀的博大和温柔。

历史上黄河大的改道有26次，甚至曾南北改道，南至徐州淮海平原，北至天津夺海河入海，一川巨流划开荆棘丛生的大地，始终奔腾不息。古代诗人把黄河美化了，诗中多是长河落日的雄浑景象，多是奔流到海不复回的宏大气势。我读过许多文人墨客关于黄河的诗文辞赋，或说黄河是民族之根、民族的摇篮，或说它是桀骜不驯的东方巨龙，无数次泛滥带来无穷灾难，有褒有贬，仁智互见。黄河始终以母亲的名义，"扯大拉小"，在飞沙地里浪奔浪涌，流过汉赋，流过唐诗宋词，流过斛律金的牧歌，流过血泪苦难的过去，流到雄风浩荡、大国崛起的今天。

黄河眷恋东营，它曾两次长时间选择此地入海，分别营造了古代黄河三角洲和现代黄河三角洲。这里曾是龙山文化、大汶口文化的遗址，是齐文化的摇篮，这里还是兵圣孙武的故里。1885年，黄河夺大清河，改道重走"利津流路"流入大海，至此稳定下来，营造了东营人民赖以生存的现代黄河三角洲。自中华人民共和国成立以来，它再没有改道，没有决口，每天哺育黄河流域亿万华夏儿女，这条饱经沧桑伟大的母亲河啊！

黄河三角洲是中华人民共和国最年轻的国土。这里河海交汇，黄蓝交融，河进海退，淤地增高，沧海桑田这一古老的成语在此得到了最完美的验证。

黄河毕竟还是钟情下游的。它裹挟着陕北高原的黄土，不舍昼夜奔波而来，到河口后小心翼翼地安放在这里。据统计，黄河每年携带的泥沙高达16亿吨，丰水期造陆达20多平方千米。1947年以来，造陆面积最高年份达50.7平方千米。黄河的河嘴最快一年向海内伸出七八千米。年年月月，黄河锲而不舍，以撼天动地、无与伦比的恢宏气势，在这里孕育出面积约5400平方千米的扇形地域——这就是现代黄河三角洲，一片会生长的土地、永远在膨胀的土地。

黄河在这片土地上的流程并不长，只有138千米，称它是巨龙的尾巴，名副其实。这片土地曾破碎、残伤，遍布沟壑和皱褶。这片土地里流淌着古老的基因，负载着沉重的历

304　｜雪花睡在枝头

史；同时它又是年轻的，血气方刚，毛毛楞楞，是一片未成熟的风景：现代与原始、繁华与苍凉、沃野与荒原、声色荟萃与荒无人烟，就这样冷峻地对峙在历史之中。

鸟儿的"国际机场"

那些日子，赵亚杰每天扛着60倍单筒望远镜，胸前挂着照相机，走进荒无人烟的芦苇荡，走进茂密的灌木丛，走进湿漉漉、黏糊糊的海滩，这是潮汐每日造访的地方。春天的鸟鸣嘹亮在滩涂的上空，清澈温柔的流水，滋润着这位年轻女子的心房，她用炽热的目光远瞩着辽阔的海滩，将质朴的情感倾泻给漫天飞舞的鸟群。

黄河口湿地浩瀚宏阔。在黄与蓝交汇的背景下，赵亚杰的身影显得单薄、孤独。大自然却是喧嚣的、热烈的，这儿是鸟儿的天堂，是鸟儿的"国际机场"，数百种鸟儿汇聚在沼泽、海滩。这里以旅鸟为主，有白枕鹤、白鹤、白头鹤、卷羽鹈鹕、白琵鹭、黑鹳、鸳鸯、中华秋沙鸭、苍鹰、秃鹫、青头潜鸭，等等，都是珍稀鸟类，多达200多种。海空有它们扇动的翅膀，海滩有它们跃动的身影，千姿百态、千声百韵，飞翔时羽翼如光的幻影，鸣叫声像一曲混沌繁杂的乐章，惊艳了海空和湿地，这是海天和大地的诗情。

对鸟类的倾慕，让人类实现了天空飞翔的梦想；对鸟类的观察则让我们深谙大自然的节律，懂得生命多样性的可贵。"在我眼里，鸟类和人类一样无比强大又无比脆弱，它们能智慧地团队协作完成全球迁徙，也会脆弱得由于一场降温而无法重返栖息之地。它们不需要人类的保护，它们需要人类保持距离地观看、学习、欣赏，形成相对独立、偶有交集的生存空间。这样两个物种就能互相敬畏，一起面对大自然的物竞天择。"赵亚杰深情地说。

7年了，无论春夏秋冬，赵亚杰几乎每天守望着荒野，守望着鸟儿。春天，三角洲海风肆虐，吹得脸生疼，阳光在水面上反射，刺得眼睛不敢睁开。夏天密密匝匝的芦苇有2米多高，枝枝丫丫的柽柳林里时常遇到马蜂窝，一不小心，就被蜇得眼肿脸胀。一天要跑几十千米，观察、保护、记录、研究鸟类情况，还要收集新鲜鸟粪，发现鸟粪就赶紧往样管里塞。有时走进海滩，稀泥很深，她陷入淤泥之中拔不出脚，很害怕，周围连个人影也没有，急得想哭。

"长期的观察使我们知道哪些鸟儿喜欢深水环境，哪些鸟儿喜欢浅水环境，这些迁徙鸟儿大都喜欢滩涂、沼泽、芦苇荡。"赵亚杰说话平稳淡然，但心里充满着对鸟儿的爱。"湿地生境好不好，鸟儿最清楚，水鸟集中的湿地，说明该地蕴含着极高的生态价值。要检查湿地是否健康，观察水鸟状况是最有效的办法。"

走着，走着，赵亚杰突然停下脚步。

"快看，鸟巢上站着的就是东方白鹳，它脚下是咱保护区的'巢王'，直径有5米。"赵亚杰压低说话的声音，却抑制不住兴奋的心情。

她的眼睛紧贴着望远镜，镜头里是亭亭玉立的东方白鹳，黑尾、黑喙，洁白的躯体和长长的赤腿，一种高贵、可爱的形象。那鸟巢是人工搭建的。东方白鹳喜欢在高大的乔木上做巢，但黄河口湿地少有乔木，于是人们为它们竖起15米高的水泥杆，在上面搭建碗形巢，供其栖息。人工鸟巢是用电焊的角钢做成的碗状支架，摆放些树枝，剩下的工程便靠东方白鹳们自己装修了。它们叼来树枝搭建骨架，添置细小柔软的草茎、羽毛，把巢儿铺得柔软、温暖、舒适。2005年，东方白鹳首次在保护区自然繁殖成功。赵亚杰兴奋地告诉我，2021年繁殖雏鸟324只，目前累计繁殖2278只，这种国家一级保护鸟类终于有了子孙满堂的兴旺。东营市被中国野生动物保护协会命名为"中国东方白鹳之乡"。

赵亚杰观察鸟类喜欢反复跑同一条线路，她要记录每个地方不同的变化，有的地方她去了十几遍、几十遍，只为研究鸟类种类变动数量多少、迁徙而来的时间变化，以及按分类学属于哪个目、科、属、种等。有许多鸟一时难以确定归哪一科、属，需要反复观察识别。

我问，你远离故土，远离亲人，孤身来到这"山东北大荒"不感到孤独吗？

"我的办公室就在旷野上，我真正的论文应该写在这大地上。一个人的爱是丰富的、无限的，只要将自己的爱倾注给所爱的事业，哪里有孤独感？只有充实的激情。"

她扎根黄河三角洲这片土地，她的心血、她的爱都融进自然保护区，融进她热爱的事业，融进她呕心沥血的学术著作、科研课题和国家专利项目中。几年来，她荣获国家、省级、市级奖项8次；2016年受7个部委通报表扬，2020年获中国绿色碳汇基金会、中国野生动物保护协会等颁发的"第7届野生动植物卫士奖"，2021年9月又获中国人与生物圈国家委员会颁发的中国生物圈保护区网络"青年科学奖"……她和她的同事合作发表学术论文24篇，合作编写专著6部，申请国家专利6项。

"你在这里工作七八年，最触动你心灵的是什么？"

"黄河，黄河，"她不假思索地连连回答，用手撩起一缕长发说，"当我第一次见到黄河，心情很激动。我用手指触摸黄河翻卷的浪花，接触的那一瞬间，我兴奋地缩回了手，这就是我们的母亲河啊！我的两眼湿润了，我想起冼星海的《黄河大合唱》有一章就是《保卫黄河》，那是对侵略者的抗争,是无数英雄志士和先烈们的誓言。今天黄河病了,我们的责任就是保护黄河,保护母亲河。水常在,水长流,这是我们的生命河啊!"

她言语清朗,一张瓜子脸在阳光下闪烁着兴致勃勃的光泽,眼里含着深情。

赵亚杰是辽宁葫芦岛人,2005年考入沈阳农业大学环境工程专业,2014年获得生态学博士学位。那时正是大学生热衷追梦"北上广"之时,她偏偏选择黄河三角洲,昔称"山东北大荒"。当时她已有了男朋友,在北京一家企业就职,环境舒适,待遇很高,她一次次打电话邀他来东营,来黄河口风雨苍茫的荒原上工作。

这位女博士长得秀气,一双水灵灵的大眼睛,闪烁着睿智的光芒,脸庞并不丰腴,虽然常年在风里雨里、烈日下奔波,却并没改变脸颊的肤色。她苗条的身体充满生命的朝气,保护区的人都尊重她,说她大方、文静、责任心强、学识渊博、有修养,是最接地气的科研工作者。夏天,她头戴一顶草帽,身着长裤长褂,全副武装,带着干粮和水,钻进芦苇荡,穿越柽柳丛,蚊子小咬儿缠着人飞来飞去,还时常遇到蛇,前无村后无店,只有一片阒寂的荒原。为抓拍到鸟儿的特写镜头,她或站或蹲,有时甚至得趴在地上,半天一动不动地观察鸟儿的觅食。她要分辨什么鸟儿吃什么,是小鱼、小虾、贝类、昆虫，还是草根、草茎，并且都要做好记录。

海边天气多变，本是阳光灿烂，突然海风卷起，乌云磅礴，随之暴雨骤至，她浑身湿透。秋天是游禽大天鹅活跃的季节，苍茫的海空，荒凉的海滩，宏大、庄严、迷人的鸟儿的王国，飞翔的、舞蹈的、鸣叫的、呐喊的、争吵的、打群架的、静静婷立的、与世无争的……鸟儿都按照自己的节奏和韵律，激情地跳跃，抒情地高歌，旋风般地呼啸，彩练般地翔舞，肆无忌惮地展现它们的野性和自由。所有的鸟儿与蔚蓝的天空、黛蓝的大海、芦花飞扬的碱滩、奔涌的河流一起组成一幅宏阔的画卷，浮动着和谐美丽的色彩。这是赵亚杰和她同行们最繁忙的时节，常常天不亮就开车进入二三十千米外的湿地。这里鸟儿最多，沼泽中有东方白鹳、大天鹅、小天鹅等。还有美丽的戴胜鸟，这种鸟外形极其独特，头顶五彩羽冠，如人戴胜，故名"戴胜鸟"。它全身偏棕色，两翅和尾羽是栗黑色，有棕白色斑点，嘴细长而尖，像啄木鸟一样。千鸟齐飞，万鸟翔舞，一片温和祥瑞的欢乐景象，人类与大自然相融的幸福感、吉祥感，人的自然化、自然的人化的愉悦感油然而生。

"这几年我与鸟类打交道，深入认识自然，我觉得众生平等，哪怕一个小动物，我们都要尊重它的自然生命状态，每种生命都有其存在的道理。"

"你说得好，热爱自然，热爱生命，人类应有善待万物的广阔情怀！"

赵亚杰熟悉鸟的种类，这里有鸟类371种，国家重点保护鸟类90种，只要她观察一阵，就能很快确定什么鸟来了，什么鸟正在赶往黄河三角洲的路上，这里是鸟类的"国际机场"。

她说，进入21世纪，东营市积极实施鸟类栖息地保护工程，努力改善鸟类生存环境。2001年到2005年，实施湿地恢复工程及鸟类救护中心建设工作，建立东方白鹳、黑嘴鸥等重点物种保护中心，在3个管理区域增设鸟类补食。2010年后又建设8个繁殖岛，每个岛面积1公顷，根据天然理想栖息地的要求，恢复盐碱地碱蓬群落，调控水位、植被高度，建设隔离带和鸟类生态廊道，也建设鱼类生长避难处。这里的生态环境得到很大改善，自然保护区面积有了很大扩展，植被多样性也丰富多了。

东方白鹳是国家重点保护的水鸟、濒危动物。东方白鹳真是鸟类中的美女，像大天鹅一样尊贵、高雅，它们没有鸣管，不能鸣叫，却可以用喙部击打制造吧嗒吧嗒的声音彼此交流，或者以此驱赶天敌。东方白鹳喜食鱼、虾、青蛙、蛇类等，在繁殖期尤其活跃，每天忙碌着养育幼鸟。它飞翔起来的那份风姿，那份仙韵，轻盈，缥缈，如云，如风。它舞起来，更是动人，舞得很慢，两只大翅膀舒展开来，很有节奏地扇动着，长长的细腿或蜷曲或挺立，脖子扭动，昂着头。这天地间的精灵，舞得浪漫、酣畅，在黄河三角洲这广袤的大地、寥廓的海空，淋漓尽致地展现了它们的生命力，使人惊叹：美在自然，美在生命！

古人云"近山识鸟音"，赵亚杰是"近海识鸟音"。她爱鸟、护鸟，熟悉鸟的语言、鸟的感情、鸟的饮食、鸟的繁殖，甚至能识别多种鸟卵。根据大小、形状、蛋壳的颜色和斑点，她能很快说出是何种鸟产的卵，更能在杂乱喧嚣的鸣叫中分辨出许多鸟的叫声。

黑嘴鸥是国家重点保护的珍稀鸟类，黄河三角洲黑嘴鸥繁殖种群超过10000只，被誉为"中国黑嘴鸥之乡"。它们的巢常建在滩涂上、鸟岛上，呈盘状，密密麻麻，集群繁殖。

赵亚杰说："我第一次接触黑嘴鸥是初春时节。黑嘴鸥的身躯娇小可爱，黑色的喙，头戴'安全帽'，眼圈有月牙形的白斑，身着素衣，颈、腰、尾和下身一色皓白，两腿赤色。海空的阳光温暖而明亮，照耀在黑嘴鸥黑白相间的羽毛上，熠熠生辉。我紧随其后，为其留影。一只鸟发现了我，发出急促的警告，群鸥盘旋在头顶，并不时俯冲攻击，小小的身体里蕴含着巨大的能量，守护着它们的家园。"

赵亚杰最熟悉黑嘴鸥的生活习性，那是她研究的课题。

黑嘴鸥每年3月迁徙到这里，在近海滩涂、潮间带繁殖，喜食鱼、虾、蟹等生物。黑嘴鸥是高级"建筑师"，它们先用嘴和爪掘出几厘米的浅坑，然后摆上纤细的碱蓬枝、芦苇茎叶，再铺上细软的绒草、羽毛，很精致、很完美，让鸟巢变得温暖而舒适；巢外面还用衔来的小石子围成一圈，好像垒了一道院墙，只差挂个牌子"闲鸟免入"。5月到7月，黑嘴鸥交配、产卵、孵化，卵上有黑色的斑点。黑嘴鸥很聪明，孵卵期24天，为了使卵均匀受热，让整个卵保持同样的温度，会经常翻卵、晒卵。幼鸟破壳后，雄鸥、雌鸥整日飞来飞去，忙个不停，共同抚育幼鸟。

　　"我们这里是中国东方白鹳之乡、黑嘴鸥繁殖基地，去年以来还出现了火烈鸟、白鹈鹕、勺嘴鹬。这些年退耕还湿、退养还滩，实施湿地修复工程，生态环境越来越好，鸟儿的天堂更加富丽！"她兴奋地微笑着说。

野性的风景

　　我采访朱书玉时，他刚从湿地保护区回来，也许是多日劳累，人显得消瘦、有倦色。他是高级工程师，论著颇丰，也获过多项国家级、省市级奖励。他是青岛人，东北林业大学自然保护区资源管理专业毕业生，毕业后来到黄河三角洲。

他经验丰富，知识渊博，30年来默默地将青春年华、才智心血献给了这片年轻的土地。那片芦苇摇曳、柽柳丛生的湿地，那曲曲折折的荆莽繁茂的小径，那深深浅浅的沼泽，那窄窄的田埂曾留下他重重叠叠的足迹。数不清的日日夜夜，他整颗心都牵挂着保护区的一草一木、一花一卉、一鸟一虫。他熟悉它们，万物有灵，那些草木虫鸟也熟悉他，熟悉他的身影，熟悉他的话语，熟悉他的脚步声。2000年，他负责实施5万亩湿地恢复工程；2010年，他又以生物多样性为目标，营造了丰富多样的鸟类生境。他长期从事科研攻关，为解决自然保护区发展的瓶颈及自然保护区退化、生物多样性减少等问题而大费脑筋。谈起鸟类，谈起湿地保护发展，他如数家珍。他不仅是爱鸟护鸟的"鸟人"，还是湿地的"土地爷"。这些年带领他的团队修复湿地30万亩，恢复了湿地的结构和功能。

中国共有9种鹤类，黄河三角洲湿地就发现7种：丹顶鹤、灰鹤、白鹤、白头鹤、白枕鹤、蓑羽鹤和沙丘鹤。最多的是灰鹤，在这里越冬的数量可达万只。鹤是大型水禽，两翼展开有1.2米至1.6米宽。自然保护区设有丹顶鹤、天鹅保护中心。

"有一支歌赞美丹顶鹤的歌，你听过吗？"

栖于沼泽鸣于九皋，
自古贵为一品神鸟，
展翅天空志凌云霄……
你用灵魂歌唱……
你用生命舞蹈。
…………

我知道那是歌手韩炜的代表作。

丹顶鹤有群体意识，勇猛顽强，又特别仁爱，人称"君子"之鸟。如有同类受伤、死亡，群鹤盘空飞翔，哀鸣，为其祈祷；遇到强敌金雕，它们会扑扇着翅膀，奋力反击，一贯举止娴雅的鸟，此时会发出撕心裂肺的狂叫，用尖锐的喙拼命地啄咬，那景象惊心动魄，荡气回肠。

大天鹅、小天鹅、疣鼻天鹅，一般在9、10月迁徙而来，部分在此越冬，第二年3月初又迁徙而去。3种天鹅相聚一处，并不多见，黄河三角洲湿地却是它们共同的乐园。诗意的栖居、丰富的美食、祥和宁静的环境，使它们有幸福感、愉悦感。

天鹅是水禽中的"王子"，是天使，它喜宁静，那高扬的颈项显示着贵族般的高雅、潇洒，是高贵圣洁的象征。

初冬时节，黄河口芦苇荡里，到处是宏阔的水泊、湿地、沼泽。来自西伯利亚的天鹅们，不远万里抵达这里时已经疲倦，需要休憩、觅食，这荒野、湿地正是它们最得意的"客厅、餐厅"。且不说大量的小虾、小鱼、小蟹，还有温暖的草丛、摇曳的芦苇林，它们舒翅展翼，纵情歌舞，在这里度过一段幸福的时光。

天鹅是爱和平、爱自由的鸟，它们是水禽中最仁德的鸟儿，从不主动袭击，也不称霸。

朱书玉谈起这片海滩湿地，兴致盎然，像年轻人一样有激情。他说："从河口海唇相吻之地到庄稼丰茂的田野，长达几十千米，这片从重盐碱地过渡至轻盐碱地的区域并不荒凉，也不寂寞。海岸之后是黄须菜、柽柳、芦苇、苜蓿、羊草、田菁、黑小麦，然后是藜麦、大豆、水稻、棉花。黄河汛期积蓄淡水，旱季引水补充，以淡水压碱，扩大林地草地面积。仅黄河新堤植树12万株、植草141万平方米，为鸟类取食、栖息创造了良好环境。"

他说："我们也走过一段弯路，这些年来，我们引黄补湿，或泵站提水，或挖渠引水，任河水借大地的皱褶流淌，深深浅浅，漫然随意。几年过去了，湿地状况改变了，植被却稀少了，连鸟儿也少了，长期引黄补水为何只见芦苇、柽柳、菖蒲疯长，其他那些野花、野草、野菜、野豆等生命力极强的茅草，哪里去了？连蒲公英也不见了踪影。我们送来甘甜的黄河水，它们不喜欢吗？都躲到哪里去了？看到这种现象，我苦思冥想，没有答案。那些日子，我饭吃不下去，觉睡不好，整天穿梭在芦苇荡，奔波在沙地上，蹲在垄沟上，分析、研究、思考，抓起一把泥土，摊在手心里，用舌头舔了舔，咸味淡了，沙味重了。我给湿地带来丰厚的礼物，我要酿造生命之蜜，要繁荣植物，让鸟儿更爱这片土地，我养育着湿地，想使之更完美，结果反而事与愿违。"

他苦恼，他不解。

他请来北京林业大学的老教授张明祥，张教授巡查一番说："湿地沙化，淤沙太厚，地面抬高，'生境'单一，植被单调，也不适宜鸟类生存栖息和繁殖。"他提议："要在深水区建鸟儿栖息岛、鸟儿繁殖岛、鱼类避难区，最好用净水补水湿地。"

"张明祥教授的话如醍醐灌顶，我们顿然大悟，"朱书玉说，"我们采纳了专家意见，重新修复湿地，先后3次投资1亿多元，实施了湿地修复提升工程。湿地内有天然芦苇荡2.6万公顷、天然柽柳1.4万公顷，新生湿地区域的森林覆盖率为17.4%，植被覆盖率为55%，是中国沿海地区最大的海滩自然植被区。"他用手指着满目青草，兴奋地说："你看，现在不仅芦苇、菖蒲长势良好，还生长出白茅草、因陈蒿草、假苇拂子茅、二色补血草、盐角草，野生种子植物193种。这几年不仅湿地品质有了提高,湿地面积还扩大了十几万亩!后来中科院专家来了,肯定了我们补水湿地、修复湿地的措施。"

湿地、海洋、森林并列为全球最重要的三大生态系统,湿地有保持水源、净化水质、蓄洪防旱、调节气候和维护生物多样性等重要生态功能,被誉为"地球之肾""生命的摇篮"。

我们一群文友沿着一条通向海滩的硬化公路行驶。海唇吐着洁白的浪沫,大口大口地亲吻着海岸,任海浪如何柔情或热烈,海岸却一动不动。黄河满怀着激情投入大海,蓝与黄那么热切地融合在一起。起风了,海卷起高高的潮,气势磅礴,滚滚而来,芦苇在风中飘出如雪的芦花,那是白色的迷离、白色的苍茫、白色的优雅和美丽。

我们信步在海滩上。天空、云朵、阳光、海水、大河,一切都静得出奇,像古典的文物,又如温柔的月色。在这里,时间变得很有耐心,一切都自然、随意、任性,花自芬芳草自青,鸟自飞翔蝶自舞,连蚊虫也自由自在,像云,像风,无拘无束,也没人管教。天地间浮动着梦幻之思,一种宏阔伟岸的气韵流动着。

春天,万物复苏,广阔的滩涂是一片翠绿,最先抢占阵地的是黄须菜,又名碱蓬。黄河万里入海带来无限生机和重重暖意，沉积的泥沙还带来大量的植物种子，再加上成千上万的群鸟排泄的粪便，也带来没消化的种子。并不是所有的种子都会落地生根、发芽成长，这里的盐碱度太浓，是盐土，很少有植物适应这里的生存环境。

黄须菜无意间发现了这片乐土，挣扎着、呼啸着向大海爬去，向太阳升起的方向爬去。苦咸苦咸的海水、苦涩苦涩的盐土，黄须菜都不怕，像先锋队那样热情踊跃地冲锋在前，在盐土里萌芽、生长。

谈起黄须菜，陪我采访的布平凡说，这里的植物有3个大群落，黄须菜群落之后，便是芦苇大军汹涌澎湃、如潮如浪般席卷而来。这里河沟纵横，流水荡漾，一处处偌大的沼泽，春天是茫茫的绿，秋天是茫茫的白，芦花似雪，一望无际，铺天盖地，美丽壮观。各种鸟迁徙而至，浅水的飞禽、空中的鸥鹤，此起彼落，群翔狂舞。在这海天荒滩，生命以拔节的力量、以韵和舞的律动演绎出浑厚壮丽的乐章。

同行的小王告诉我，碱蓬草有很多种，这里海滩上生长的是"盐地碱蓬"，4月露出地面，自萌发至枯萎皆为红色，初为嫩红，夏为火红，秋天逐渐变成赤红、赭红、枯红，像熊熊烈火烧遍海滩，酿造出一片火红的生命色泽。困难时期，人们以碱蓬草为食，那是"救命草"，当地人称"母亲草"。

行走其间，我发现碱蓬草丛中还有三星两点开白花的野花草，那花纯净、简洁而又凝练。小王说："这叫白花丹补血草，开白花，是中草药，清热解毒，祛风利湿、化瘀，这种草也适合在盐碱地生长。"物华天宝，万物有灵，没想到这盐碱滩还有佳卉芳草。

芦苇并不孤独，伴随它的还有遍地的菖蒲，也就是第3个群落。我在长江入海口湿地见到过这种植物，生长在水之湄，高不过3尺；长叶如剑，却不咄咄逼人，旋律般弯垂下来，有兰草的悠然潇洒。4月末，顶端绽放出一簇簇黄花，形状、质地犹如黄花菜，可食可餐。菖蒲喜水，弱碱水、淡水都适宜它生长。菖蒲还是一味中药，生命力比芦苇更强，在同一片水质中，菖蒲生长得更繁茂。河水汹涌，是植物鸟兽的生命之泉，特别是从初冬到来年的春天，这片净土、净水一片热气腾腾，生命在这里展示着它强健的壮美。

在盐碱滩上还有一种适合在碱性土壤生长的野生植物——野大豆，这是国家二级保护植物，也是重要的种质资源。野大豆可以食用，也是优质的牧草，还是生物固氮，可以改良土壤，培植地力。野大豆和芦苇更亲密，常见它的藤蔓亲切缠绕着芦苇，阳光和水分的争夺战每时每刻在无声上演着。

离海岸线越远，盐碱度越低，适合生长的植物越多，当土壤适合小麦、棉花、玉米生长时，土地已成良田。随着盐碱浓度的降低，陆地逐渐脱盐，形成大片的草地，野大豆身后便是罗布麻、益母草的地盘。罗布麻也叫茶叶花、红麻、红柳子，多美的名字！

走进这片湿地，还会看见大片大片的柽柳。柽柳自由放任，随意出现，斑斑驳驳，高低错落。它生命力很强，耐碱耐旱，抗贫瘠，抗风沙，这里三株五株，那里成团成簇。它具有很强的防沙能力，即使被沙埋住枝条，也能顽强地从沙包中钻出头，继续生长。更可叹的是，柽柳密密匝匝平铺开来，层叠簇拥，翠枝柔顺，成为黄河口的一大奇观。

柽柳也叫"三春柳"，一年三季开花，花朵很小很密，洁白如雪，鲜丽动人，特别是雨后，枝条红润，花朵纷繁，更惹人喜欢，古人称为"木之圣"。柽柳花期长，达半年之久，是丰盛的蜜源，柽柳蜂蜜呈琥珀色，甘甜芬芳，沁人心脾。这柽柳浑身是宝，也是一味中药，可以疏风散寒，解表止咳，故又称"观音柳"。

秋天的柽柳林不爱绿装爱红装，丛丛簇簇，像燃烧的火焰，斑驳陆离，苍茫雄阔，为黄河三角洲平添了一抹壮丽的浓艳。

人类有两条追求更美、更幸福的生活途径：一是内向超越，二是外向超越。内向超越就是改善自我，外向超越就是改善环境或顺应自然。在改造自然的同时又保护自然，人与自然之间保持着和谐统一的关系。生态文明是由纯真的生态道德观、崇高的生态理想、科学的生态文化和良好的生态行为构成的。

东营人做到了，黄河三角洲人做到了。这些年他们退耕还林、退垦还湿、退滩还草、退养还滩，自然保护区扩大了。他们坚持"水、林、田、湖、草、湿地、滩涂、海岸线是生命共同体"的理念，恢复滩地72500亩，创造了"黄河口湿地修复模式"，形成一次修复、自然演替、长期稳定的良好修复效果，连续2年补水3亿立方米，保持了湿地良好的"生境"。现在的湿地面积已扩展到5450平方千米。国家林草局将黄河三角洲确定为"黄河口国家公园"——这是全国第一家陆海统筹型国家公园，也由此划定了山东东营黄河口候鸟栖息地世界自然遗产提名地和缓冲区范围。

朱书玉对我说："生态兴则文明兴，生态衰则文明衰。人类不能太自私、太贪婪，人类要想自己过得好，就得让其他生物过得好……过去我们只喊向自然进军，战胜大自然，人类在无止境地追求物质财富的过程中，过多挤占了野生动植物生存的空间，这是人类的罪过。我们创建自然保护区就是向自然赎罪，也是人类生命的自我救赎。"

说得多好啊，我望着茫茫荒原，芦苇成片，柽柳成林，黄须菜春来嫩红遍天涯、秋来赤红遍海角，这片生机勃勃的土地是一幅美丽绚烂的生命画卷!

种下荒原，长出荒原

荒野是野性的自然，荒野是人类远祖的栖息所，或者说是诞生地。不允许荒野的存在，就是毁灭人类的原始产床；视荒野为天敌，不断垦殖、铲除它，为了生存、为了攫取财富，将荒野推向边缘，推向遥远，这也是罪愆。荒野是原始朴素的文明，是生命的基因库。"万类霜天竞自由"，那是一幅多么生机勃勃、粗犷、蛮野而又美丽的画卷！

我们这个世界需要荒野，它是上天的不动产，人类不应任意删改和艺术加工，否则自然将会走向终结。

我们乘车驰骋在黄河三角洲的大地上，荒野广阔苍茫，成片的芦苇丛，成片的柽柳林，成片的馒头柳，还有成片的羊草、黑麦草和大片大片的紫花苜蓿，这些"高贵"的牧草都是人工种植的，是人造的"自然"。这片土地在保护中发展、在发展中保护，母亲河已逐渐恢复元气，精神抖擞地向大海流去，两岸绿荫匝地，绿草成茵，一片野性的葱茏。

我站在黄河三角洲的旷野上，一片宁静、缄默，苍茫中只感到无尽的风从四面八方扑来，风中芦花飞扬。风卷起芦花，也卷起一些生命的种子，播撒在辽阔的大地。老工程师朱书玉告诉我：黄河断流始于 1972 年，利津水文站有记录，当时径流量不足 1 立方米每秒。原因很多，水土流失严重，经济迅速发展，人口猛增，耗水量急剧上升；管理不协调，水体污染严重，温室效应，海洋沙漠化，人为热释放。特别是黄河下游河床淤高，不仅有"小水大灾"，加重了河口地区盐碱化，更为严重的是断流加剧所引起的水荒，影响社会稳定。

从 1972 年到 1999 年 27 年间，黄河山东段频繁出现断流。1999 年以来，"黄委会"实施黄河水量统一调配，采取调水调沙及生态调度等措施，确保不断流，促进黄河下游生态系统健康。等到小浪底水库 1 期工程竣工，开始发挥调蓄作用，黄河下游再没有出现断流。每年引黄河给自然保护区生态补水，入海口两岸绿草成茵、绿树成林，瑰丽、壮美，是黄河水哺育着它们。2020 年补水 1.15 亿立方米，修复大量湿地，给野生鸟类、动物提供了丰富的、营养的生存基地。这是我国暖温带最广阔、最完整的原生态湿地。

1997 年黄河断流，河床露出斑驳的湿土，河底干涸，也就是那些年，广播里传来长江的白鳍豚、哥斯达黎加的金蟾蜍，还有非洲的黑犀牛，由于人类的原因已经灭绝，在地球上永远地消失了……人类再也听不到它们的鸣叫声、吼声。科学家指出，在过去的半个世纪里，地球上的物种灭绝速度越来越快，有些物种在没有被了解之前就从地球上消失了。根据世界自然保护联盟（IUCN）红色名录2015年评估报告，对全球7万多个物种的评估结果显示，约有11000种植物和12000种动物，不同程度地受到濒临灭绝的威胁，如鸟类中朱鹮、赤颈鹤、疣鼻天鹅、黑嘴鸥等。

拯救地球、拯救自然、拯救大江大河、拯救湿地已是人类当务之急，刻不容缓，更是人类自我拯救的必然课题。人类应该有"自然意识"，"生态文明"实际上是"自然文明"，没有生态文明，那么工业文明的发展前景将面临巨大的危机。

东营人醒悟得早，他们知道自然保护区的意义，人类需要有广大地区依然保持原始态、原生态风貌。于是他们种草，种适合盐碱地生长的野草。

羊草是多年生植物，且有下伸或横走的根茎，耐寒、耐旱、耐碱，更耐牛马践踏，盘结、固持土壤作用很大，是很好的水土保持植物，也是很好的造纸原料。绵羊、山羊特别喜欢吃，几乎所有家禽甚至老鼠、蝗虫也特别喜欢吃。

在黄河三角洲农业高新技术产业示范区（以下简称"农高区"）的试验基地，羊草长势喜人，郁郁葱葱。羊草播种在盐碱滩，仍然如火如荼地疯长，春夏季节，茂盛得很，见到它没有不为之惊叹、着迷的，你不能不为它生命力的强健而吟咏、欢呼。羊草不仅适应盐碱地生长，而且改变了土壤的团粒结构,促使盐碱度的沉降。

讲解员小张说:"你明年五六月份来吧,大片大片的牧草茂茂腾腾,叶子黑黝黝的发亮,开满细碎的小花,红、黄、蓝、紫、白,五彩纷呈,特别美,真是花的草原!"小张话语充满激情,脸涨出红润,"我们种植牧草,既还原了湿地荒原风貌,又创造了经济价值!"

"这叫获利自然,还利自然!"陪同我采访的文友一言道破玄机。

在试验基地,更令人注目的是紫花苜蓿。我在"农高区"示范试验基地,看到苜蓿长势旺盛,小张说,苜蓿适应性强,耐旱、耐碱、耐潮湿,特别适合这里温暖而湿润的气候。它的根系发达,既可防水土流失,又能促进生态平衡发展,被誉为"牧草之王"。大面积的荒原不适于开荒,也不允许开荒,还要退耕还湿,但这么大片的土地资源在自然保护中闲置着怪可惜的,就种植牧草。芦苇实用价值越来越小,像野草一样,既不能做编织材料,也不能用作燃料,只能做造纸原料,但是造纸公司也不愿意收购芦苇,化为纸浆,成本太高。

还有黑麦草。黑麦草有10多个品种,我国就占有7种,是一种有经济价值的牧草。近年,黄河口荒滩上开始大面积种植黑麦草,荒荒大野,有了黑麦草,显得格外精神,格外有朝气。

　　黑麦草也是一种优质牧草，多年生植物，叶长，叶片柔软、平滑，5月到7月开花，适于湿地生长。它原产于欧洲、巴基斯坦、非洲北部，目前在新西兰、澳大利亚、美国和英国被广泛种植。黑麦草喜欢光照，对温度要求较低，对分蘖有利，广阔的滩涂、盐碱地、荒原也都适合它们生长。试验田里，这种草也长势强旺，绿叶宽厚，闪烁着油质光泽。夏天黑麦草花开时节，一片绛红的小花，呈穗状，像小小的麦穗，所以名为黑麦草。

　　进入"农高区"，简直像刘姥姥走进大观园，这里是现代植物工厂、野草工厂，全是陌生术语——环控系统、生长模型系统、人机交互系统、图像采集系统、设备控制系统，连种植野草都采用无人农机智慧播种。"我们在生产荒野，创造荒野！"小张大眼闪闪发亮，兴奋地说。

　　原始的自然已经消失了，但我们心里仍然有着对荒野的向往，对那些从来没有被人们破坏地方的向往——野性的、原生态的自然。黑麦草、紫花苜蓿、羊草、高丹草、菊苣草……这些充满激情的绿色是人们对大地的眷恋，由此就会产生绿叶、果实、信念以及生命的火焰。一位青年诗人说得好：我们种下荒原，长出荒原，是这片土地的信仰。

天上落下金豆子

  10月的阳光明媚而慈祥，琥珀色的光芒倾泻下来，田野一片金灿灿的辉煌，正是大豆摇铃的时节，那丰茂的豆棵结满饱实的豆荚，成簇成团地爬满枝茎。

  被改造的盐碱地是金黄的稻田、金黄的豆田，一片金黄的海洋，金涛汹涌，这是一种蓬勃的富饶。阳光溅在禾叶上泛起金色的光斑，空气里弥漫着成熟的芬芳。几只鸟儿盘旋在空中，那欢快的鸣叫声也蕴含着惊喜和激情。天蓝、云白、大地金黄，这庞大的色块绘就出豪放浪漫的风景！

  陪我来这片航空大豆试验田参观的是它的主人靳振东，他兴奋地说："这是东航-D95大豆，昨天验收，亩产445斤，盐碱地治理是最让人最头痛的难题。"

  多年来，他们采取引黄灌溉、加大水压碱解决了盐碱度高的问题，勉强能种上些庄稼，玉米呀、高粱呀，可是大水过去，旱情上升，盐碱又泛上来，庄稼还未成熟就枯萎而死。年年治碱年年碱，这里依然是一片不毛之地，盐碱地和沙漠化一样被称为地球的"绝症"。东营市"农高区"挂牌成立后，北京的科学家来了，省农科院的科研人员来了，科学院院士们、工程院院士们来了！他们发誓，要让这片350平方千米的盐碱滩变成"希望的田野"。"农高区"是"国字号"，肩负着解答这道艰难命题的责任——敬畏自然，顺应自然，还要利用自然造福人类！据有关部门粗略统计，我国有盐碱地15亿亩，可利用的盐碱地达55000万亩，具有可改造的潜力。中国人多地少，要把饭碗牢牢端在自己手里，这片未开垦的处女地，必须派上用场！传统的治理盐碱，费工费力费淡水，本来淡水资源就紧缺，怎舍得大量消耗？

黄河水资源总量仅是长江的7%，而承担了12%的人口、50多个大中城市的供水任务，水资源利用率高达80%，人均水资源占有量只是全国平均水平的27%……"面对这种残酷现实，我们要节约用水啊！"靳振东说。

那么怎样改造盐碱滩呢？这就要改变思维，比如能否培育出适合盐碱地生长的农作物？能否从改良种子入手？民以食为天呀！要进行"种子革命"，于是出现了太空良种。

靳振东听说，航空黄豆种子，既耐旱又耐碱。这种大豆品质优良，含蛋白质高、产量高，适合盐碱地生长，而且营养成分高，特别适合做豆浆，做出的豆浆细腻少渣，也没有豆腥气。这是中国西昌发射的第18颗返回卫星承载的种子，据说原载黄豆种子只有50克，每克价值350元。靳振东从老朋友、老领导处得悉此良种，决心试种。当时他在世界"500强"上班，从事金融业，工作稳定，想干一番事业。他知道，一颗种子可以改变世界，一颗种子可以造福人类！袁隆平的杂交稻不是解决了几千万人的饭碗问题吗？他放弃原来的工作，独身闯天下，成立"天星农业公司"，后来在"农高区"试验中心基地播下第一垄航空种子。他家离基地来回40千米，每天天不亮骑自行车去上班，一天14个小时在田间，到晚上八九点才回到家，从豆子发芽、长叶、开花、结荚、成熟，他仔细地观察、记录，心里揣着欣慰和祝福。他没时间陪孩子学习，没时间照顾家庭，妻子说："他待大豆比孩子都亲，那真是他的金豆子、银豆子。"200多天，他天天陪着豆子生长，看到黄豆种子萌芽，露出地面，肥厚的子瓣呵护中间柔嫩的毛茸茸的真叶，他内心充满喜悦！

豆子分蘖了，长茎了，叶片扩大了。他定期测量土壤湿度、温度、含碱度，还请技术人员化验土壤所含氮磷钾的状况，田间管理精细化，像科研人员那样研究探索航空大豆生长的每一个细节。风掠过田野，他全身心感受大地生命力的潮涌，万物有灵有智，他的一颗心从种到收都在豆田里。

"你试种航空大豆失败过吗？"

"当然失败过。"

"什么原因？"

"老天爷搅局。天气热，温度高，湿气大，豆秧只疯长，不开花，更不会结荚。黄河三角洲气候多变，有时突然降温，好端端的豆苗枯死，我心疼得睡不着觉，吃不下饭，真想大哭一场。第1年失败，第2年损失也很大，后来摸准了它的生长规律，做好防护，损失得到挽回，第1次收成亩产200多斤，这可是寸草不生的盐碱滩上的庄稼，我高兴得真想敲锣打鼓庆贺一番……现在航空大豆亩产已达400多斤，明年有信心争取达到亩产500斤！"

"你的航空大豆叫什么名字？"

"东航D-95，"那意思是东营航空大豆第95号，还有东航第11号？这个品种产量更高，据专家估计最高可达亩产800多斤。这个数字说明什么？这个生于斯、长于斯的汉子说："祖宗八辈没有听说盐碱地上产黄豆，即使是好土好田，亩产也就400多斤！"

2021年10月21日是靳振东终生难忘的日子，习近平总书记考察黄河口，亲临他的试验田，靳振东向总书记汇报航天大豆的生产情况以及盐碱滩成"金银滩"的巨大变化。总书记勉励大家："18亿亩耕地红线要守住，5亿亩盐碱地也要充分开发利用。如果耐盐碱作物发展起来，对保障中国粮仓、中国饭碗将起到重要作用。"

靳振东告诉我，过去改造盐碱地采用大水漫灌，浪费淡水，现在更换粮种，既省工省力又节约用水，从根本上解决了盐碱地的荒废。他说，打个比方，过去改造盐碱地是"西医"疗法，"脚痛医脚，头痛医头"，现在采用"中医治疗"，不仅在改良土壤上下功夫，而且在培育新的良种上动脑筋，双管齐下，综合治理，这样全国能增加几亿亩耕地。

路边放着一张桌子，桌子上摆着几个塑料盒，盒里盛着黄灿灿的豆粒，粒粒饱实，圆滚滚的煞是可爱，颗粒呈琥珀色，朴素、纯净，这是土壤的原色。

靳振东是山东菏泽人，出生在黄河三角洲，他父亲是知识分子，广北农场的高级畜牧师，母亲是第一代女拖拉机手。他老少两代就耕耘这古老而年轻的土地，这土地上流过他们的汗水，镌满父辈的足迹，更寄托着新一代的理想。今天，他引种航天大豆——种子在太空、真空中失重，因弱地磁场、高离子辐射、基因诱变，形成优良品种，耐碱、耐旱、抗病虫害，根系发达，产量高，抗疫性强，在东营、在黄河三角洲有广阔的发展前景。

陆地没有山，海里没有岛，风光依然壮美

栈道蜿蜒、狭窄，斗折蛇行，逶迤在芦苇丛中，直通到大海的浅水处。走在栈道上，如同走在一个色彩纷呈的梦里，翠绿的芦苇、白色的荷花、粉红的蓼花、淡黄色的桔梗花、湿湿的空气、湿湿的阳光，亲切而热情。芦苇任性生长，高高的、壮壮的，像竹子似的，直直射向天空；红蓼花、白蓼

花也肆无忌惮地疯长，有一两米高，一簇簇花儿开得热热闹闹。那菖蒲，叶子又宽又厚，随风摇曳。空气里掺杂着水腥味、泥土味、花香味，沁人心脾，阳光穿透云层射来，投影到水面，水里的杂草和荇藻露出赭红和青绿的颜色。

在河海相交汇的土地上，仿佛天地间氤氲着一种迷人的蓝色。风是浅浅的蓝，空气是淡淡的蓝，那海水是黛色的蓝，天空是辽阔的蔚蓝，只有黄河是油画颜料般的黄，琥珀色的黄、稻谷般的黄、阳光般的金黄。黄加蓝，会产生绿，这是康定斯基的色彩论。绿是青春，绿是生命，绿是力量！黄河的力量，大海的力量！

黄河入海前却一改狂躁的脾气，变得稳重，不浮不躁，雍容大度，深沉而雄浑。

海岸线充满张力，天空和陆地像鸿蒙初始，黄河和大海交媾，分娩了这片新生的土地，它还很幼稚、柔弱、缺乏成熟感、厚重感。河海相吻的土地上是一片静寂，只见一片火红的黄须菜扑向海岸，那是生命之血的燃烧，是青春激情的澎湃，在蓝色的天幕下鲜艳夺目。

黄河这一独特景观吸引着天南海北的游客，人们可以坐上游艇驶出河门，进入大海近观，或坐直升机从空中鸟瞰河海交汇的壮美风光。

我登上湿地新建的远望塔，放眼望去，烟水迷茫，海天一色，河口海唇，蓝黄交汇，浩瀚、高远、深旷，三种境界扑面而来，梦幻之思和缥缈之感油然而生。大自然有种宏阔的冲击力，骤风般地激动着人心，让人感受到天地之间野性的、原生态的壮美。

有人说，世界上所有的水都会相逢。这古老优美的比喻，在这里得到验证，黄河入海，其实海水、河水都会蒸发成气，河之魂、海之魄早就在空中相融相汇，这是天意。

这里，陆上没有山的巍峨，海里没有岛的耸峙，黄河平静安详地流入大海。这庞大的生命磁场，呈巨大的扇形，气势恢宏，铺向遥远，给人直观的空间感。智慧的大自然并不留空白，群鸟翔舞，这千万只小精灵翩翩起舞在天上人间。回首黄河，只见雄浑的体魄、博大的胸襟、浓烈的色彩、粗野古朴的音响以及像大地一样庄严的灵魂、海一样苍茫的神韵，这是何等的大气象、大境界，黄蓝相融之大美。